To love and be loved is to feel the sun from both sides.

사랑하고 사랑 받는 것은
양 쪽에서 태양을 느끼는 것이다.

내가 가지고 있는 삶의 무게를
누군가가 덜어줄 순 없겠지만,
같이 걸어가고 있는 사람들을 보며
한 발짝 걸어가려고 했던 것을
두 발짝 걸어갈 수 있게 되는 거 아닐까요?
엄마라는 존재가 그런 것 같아요.
그래서 우리 모두
결국은 아름다움을 추구하고자 하는 마음을
잃어버리지 않게 되었으면 좋겠습니다.

「쿵푸팬더」 만화를 보면 주인공인 포가 가지고 있는
최대의 마음 무기를 일컫는 단어가 나온다.
바로 평.정.심.
악한 대상은 가질 수 없었던 평정심으로
포는 보이지 않는 것을 보면서,
들리지 않던 것을 들으면서 악의 세력과 대결하여 승리한다.
다혈질에, 성격이 급한 나에게 꼭 필요한 덕목이 평정심이다.
특히 아들 셋을 키우면서는 더욱더.

에이 플러스 점수에 매달리지 말자.

어차피 안 되는 건 안 되는 거다.

비 마이너스 점수를 바라보며,

조금 모자란 듯한 점수는 미래의 희망으로 남겨 두자.

완벽한 엄마?

그 기준도 모호하지만 완벽한 엄마는,

아이들에게도 엄마들에게도 재수 없는 존재가 될 테니까.

이 정도면 되었다.

그래, 이 정도면 되었어.

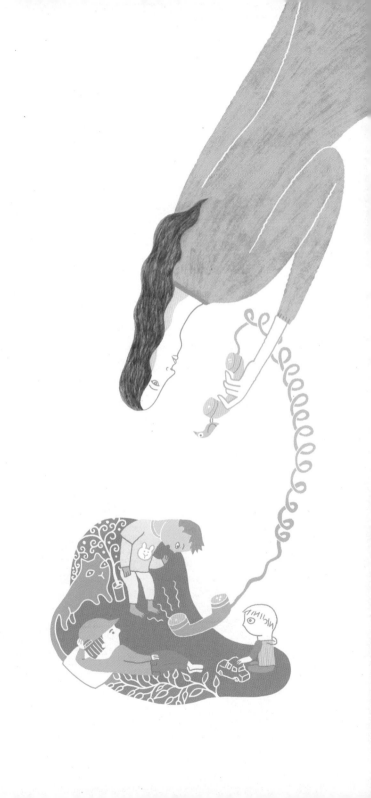

나는 아들 셋 키우면서

우아한 엄마가 되기는 글렀다는 현실을 인정하고,

그나마 괜찮은 엄마 정도까지는 되기로 마음먹었다.

나는, 美쳐가는 아들 셋 엄마입니다

1판 1쇄 인쇄 2019년 01월 28일
1판 1쇄 발행 2019년 01월 31일

지은이 백미정
발행인 김주복
디자인 designBAB

발행처 서래
출판등록 2011.8.12. 제 305-2011-000038호
주소 서울시 동대문구 답십리 2동 한신아파트 2동 106호
대표전화 070-4086-4283
팩스 02-989-3897
이메일 2010sr@naver.com

값 13,800원
ISBN 978-89-98588-21-2 (03810)

나는,
美쳐가는
아들셋
엄마입니다

· 백미정 지음 ·

서래books

"어? 감자 두 개, 고구마 한 개가 보이네."

2011년 봄날, 막내아들을 임신한 지 5개월 때 즈음이었다.

지난달 산부인과 정기검진 때에는 분명 딸이라고 하셨는데 말이다.

"자기야, 아들이란다."

"어??"

위 몇 줄의 글에서 왜 우리 집은 딸을 은근 바라고 있었음을 보여주는 것일까. 이미 우리 집에는 아들 둘이 있었기 때문이다. 첫째 장남, 둘째 왕자, 셋째 고추.

'아들 둘'이라는 단어와 '아들 셋'이라는 단어는 한 글자 차이지만, 내 생애는 엄청난 차이가 난다는 뜻이었다.

막내아들이 8살이 된 2018년 초여름의 지금도 그렇고 점심값 아껴가며 책을 사 보았던 2011년 초여름의 예전도 그렇고, 나는 힘이 든다. 아들들의 학교 숙제를 도와주어야 하는 지금도 그렇고 아들들이 블록을 가지고 놀았던 지난날도 그렇고, 아들들을 보면 나는 짜증이 난다. 아들들이 조용히 책을 읽을 때도 그렇고 놀이터에서 시끄럽게 뛰어다니며 놀 때도 그렇고, 아들들을 보면 나는 불안한 마음이 든다.

　내년에도, 내후년에도, 10년 뒤에도, 20년 뒤에도 힘들고 짜증 나고 불안한 마음이 드는 건 변함없을 거다. 난 엄마니까.

　그동안 미치지 않으려고 선택한, 앞으로도 미치지 않으려고 선택할 나의 방법은 글쓰기다.

일을 해야 하는 상황에 첫째 아들을 먼 시댁에 맡겨놓고 한 달에 한 번 보러 갔던 2년 동안의 시간,

둘째 아들의 볼을 뒤덮고 있었던 아토피,

막내아들 태어난 지 8개월 때에 폐렴과 기관지염으로 입원하게 되었던 병동의 소음,

14평짜리 집의 벽면을 장식하고 있었던 곰팡이,

사과를 입에 문 채 "그저 평범하게 살고 싶을 뿐이라고!" 외쳤던 눈물.

이 모든 것들은 독서, 글쓰기와 함께 살았다.

지난날 흘렸던 눈물 덕분에 책을 읽고 글을 쓸 수 있었다고 해야 할까. 글쎄, 과거에 고맙다고 말하긴 좀 그렇다. 남편에게 베개를 던지고 집을 뛰쳐나와 거리를 쏘다녔던 그 시간이 너무 초라해지는 것 같기 때문이다. 내 아픔과 상처를 독서와 글쓰기의 원동력으로 삼는, 기브 앤드 테이크 정신이나 보상심리에도 미안해하고 있는지 모르겠다.

어쨌든 나는, 아이들과 함께하며 들었던 날 것 그대로의 생각들을 조금은 긴 글로 또는 짧은 글로, 글 쓰는 동안 느꼈던 내 마음의 현상과 변화들, 내가 전할 수 있는 공감과 위로의 방법들을 써보려 한다.

내 삶은 우리들의 삶이다. 여러분의 삶 또한 나의 삶이고 우리들의 삶이다.

이퀄(=) 관계가 성립하는 삶의 모습들 속에서 고개를 끄덕거리며, 미치지 말고 오늘 하루도 잘 살아나가는 우리가 되길 바라본다.

우리는,
충분히 행복해질 수 있는
충분히 아름다워질 수 있는
美쳐가는 대한민국의 엄마들이다.

제 1 장
거울

겁나 인정하기 싫지만
나를 닮아있는 너희들에게

제 2 장
선택

볼 수 없고 만질 수 없는
그것이 최선의 선택이었다

제 3 장
마음

사과할까요
고백할까요

제 4 장
시선

머물다가 떠나갈
너희들에게

제 1 장
거울

겁나 인정하기 싫지만
나를 닮아있는 너희들에게

샤워를 하려고 옷을 벗었는데 거울을 통해 삼십 팔 년 만에 눈에 들어온,

짝이 안 맞는 내 찌찌.

축 처진 오른쪽 찌찌 끝에 첫째아들을 품에 안으면 어색해지는 내 마음이,

둘째 아들에게 미친 듯이 소리치던 사자후가, 막내아들이 내 손을 잡을 때

뿌리치고 싶었던 못난이가 매달려 있더라.

화병

'

화안한 미소 하나 얻기 위해
병나발을 불어본다.

,

욕욕욕욕욕욕욕욕욕

욕을 하고 싶지만, 우리 아들들이 보게 될까 봐
그만둬야겠다.

(위의 글은 어제 써 놓은 거고, 지금은 커피숍에서
노트북으로 옮겨 치고 있는데 반대편 테이블에서
아저씨들이 "야, 이 씨발놈아!" 욕으로 대화를 하
고 있다. 나도, 씨발! 이다.)

　나에게는 1년에 한두 번씩 나타나는 증상이 있다. 가슴을 누가 후벼 파는 듯해서 몸을 가만히 두기 힘들어지는, 그래서 앉았다 일어났다 방을 돌아다니다 괜찮아지면 잠을 잔다. 화병이라고 해서 우황청심환을 먹어 보았는데 별 효과가 없었다. 자주 그러는 게 아니라서 이젠 그냥 둔다.

　화병 증상이 처음 나타난 것은 13년 전, 첫째 아들 이루를 낳고 바로 시댁으로 가서 몸조리할 때였다. 어머님은 지극정성으로 나와 이루를 보살펴 주셨다. 그런데 나는, 시댁과 4시간이나 떨어져 있는 우리 집과 남편이 그리웠고 내 부모님을 마음껏 사랑하지도 마음껏 미워하지도 못하며 자라나 양가감정의 극치를 달리고 있었기 때문에, 그 분풀이를 어머님께 하고 싶어 미칠 것만 같았다.

　나와 아기를 보살펴줄 수 있는 가족이 있음에 감사하기는커녕, 나의 화병과 우울증을 확실히 연민하는 마음에 몰빵하고 있었다. 아기를 보면 불안했다. 잠이 들어 있으면 잠이 깰까 봐 불안했고, 칭얼대면 그 소리에 불안했고, 울면 어떻게 해야 할지 몰라서 불안했다. 눈을 뜨고 있으면 또 그 모습 자체에 불안했다. (지금도 나는 아기를 잘 안지 못한다.)

　나는 15년 동안 외동딸로 자랐다. 부모님은 뒤늦게 생각이 바뀌셨는지 나에게는 15살, 17살 나이 차이가 나는 여동생이 둘 있다. 여동생들이 태어나기 전까지, 여동생들이 태어나고 나서도 부모님은 부지런히 열심히 싸우셨다. 킥복싱을 즐기셨고 내가 학교에 다녀온 어떤 날에는 아빠 이마에서 피가 흐르고 있었다. 싸움의 도구로 도끼가 등장해서 장롱이 찍혔던 일도 생각난다.
　나 혼자 부모님의 싸움을 말리기에는 역부족이었던 데다가, 나의 공포는 사치로 여겨졌기 때문에 울음소리도 낼 수 없었다. 불안하고 예민한 성격이 만들어지기에는 최적의 조건이 아니었나 싶다.
　뭐, 이유야 어찌 되었든 아직도 나는 불안하고 예민한 성격을 가지고 있다. 결혼 초창기에는 부모님과 비슷한 분노를 보이며 남편을 힘들게 하는 미친년이었고, 결혼하고 16년이 지난 지금은 정상인 비슷하게 살아가는 중이다.
　화병 증세를 처음 보일 때에는 이러다 죽는 건가, 나는 왜 이 모양인가, 온갖 시커먼 생각을 다 했다고 한다면 지금은 화병에도 내공이 생긴 건지 또 시작이군, 그러고 만다. 다른 사람까지 힘들게 하면 문제가 되겠지만, 내가 조금 힘들고 조금 참으면 되기 때문이다.

우리 부모님이 나를 키우고 가르쳤던 방식, 보여주었던 삶의 방식은 나의 삶과 인격에 끊임없는 영향을 끼친다. 어쩔 수 없는 사실이다. 그래서 제2의 피해자가 될 수밖에 없는 존재가 나의 자식들이다. 내 자식들을 어떻게 양육할지 고민하는 것보다, 나 자신이 어떻게 자랐는지 먼저 생각해 보는 게 우선되어야 하는 이유이다.

참으로 슬픈 마음과 원동력이지만, 내 부모님처럼 우리 아이들을 키우기 싫으면 내가 그만큼 노력해야 한다. 나의 불안을 직면하고자 하는 용기를 배워야 하며, 끊임없는 공부를 해야 한다. 가르치는 자가 배우기를 멈춘다면 가르치는 자리에서 내려와야 한다는 말이 있다. 부모는 가르치는 자이다. 온몸과 온 마음으로 우리 자식들을 가르쳐야 하는 자이다.

더욱더 자기 자신에게 실망하고 울부짖고 난 후에, 거울을 쳐다보자. 그동안 쥐어뜯었던 머리카락이 헝클어져 있을 것이다. 그 난잡한 모습은 우리 아이들의 행복을 확신해줄 수 있는 시작점이 되어줄 것이다. 내 아픔, 조금 약해질 수는 있겠지만 없어지지는 않는다. 그냥, 쿨하게 인정하고 죽을 때까지 공부하고 노력하는 엄마가 되자.

　나는 아들 셋 키우면서 우아한 엄마가 되기는 글렀다는 현실을 인정하고, 그나마 괜찮은 엄마 정도까지는 되기로 마음먹었다.

양면

'

양치기 소년의
면상을 닮은 새끼들

'

– 라면 먹을래?
– 아니.
– 엄마, 한 젓가락만 줘.
– 안 먹는다며? 엄마 먹을 것만 끓였어.
– 우씨, 그냥 한 젓가락만 줘.

양치기 소년들과 나눠 먹었던 면발은 후루룩
짭짭 맛있는 추억 소리를 멈추지 않을 것이다.
이해 안 되는 이것들과 이해하기 싫은 이것
들과 언제까지 같이 살 수 있을지 장담할 수
없으니까.

마인드 블라인드.

프린스턴 대학교의 사이먼 코헨이 남성형 뇌는 공감 능력이 매우 떨어진다는 것을 알려주기 위해 붙여준 말이란다.

"엄마, 배고파!"

엄마가 몸살이 나서 드러누워 있어도 아들들은 안중에도 없다. 자신이 배가 고프다는 현재 상황만이 중요한 것이다. 눈치 없는 것들. 감성 충만으로 똘똘 뭉친 엄마로서는 내 뱃속에서 키우고 낳았지만, 어째 저 모양이냐 하는 생각과 함께 정이 뚝뚝 떨어져 넘쳐버린다.

"우리 엄마가 많이 아픈가 보네. 내가 약 좀 사 올까? 밥 차려주는 것도 힘들겠다." 둘러서 말도 좀 해주고, 마음에 없는 말이라도 좀 해주면 좋으련만, 잘 다듬어진 정교한 칼 같은 새끼들.

그런데 아들들은 눈에 보이지 않으면 뭘 모른단다. 하하하하 하하하.

육하원칙과 서론, 본론, 결론에 맞추어 왜 엄마가 화가 났는지, 이런 상황에서는 어떻게 말하면 좋은지, 앞으로의 주의점을 상세하게 설명해 주는 게 엄마의 몫이기도 하겠지만 밑 빠진 독에 물 붓기 같기도 하고, 나는 아들들의 기질을 이해해 가며 조곤조곤 우아하게 상황을 설명해 줄 자신이 없다.

"우리 아들, 배가 많이 고픈가 보구나. 엄마가 미리 챙겨주었어야 하는데 미안해. 엄마가 아픈데 너희들 배고픈 것만 생각하는 게 좀 서운한 마음이 들어. '엄마, 괜찮아?'라고 먼저 물어봐 주면 어떨까?"

교과서적으로 딱 떨어지는, 이상적인 대답을 적어 보면서도 오글거린다. 그래도 어쩌겠는가. 내가 어른이고 내가 엄마인 것을.
어색함은 변화의 시작이리라. 나의 오글거림을 무기 삼아 아들들의 마음에 있는 블라인드를 살짝 걷어내 주는 엄마가 되어야겠다.

아, 멀고도 험한 길.

03

이해

'

이렇게 봐도 저렇게 봐도
해로워 보이긴 하는데 이제는 그냥 두기

'

직립보행하고 있는 저것들 치워버리고 싶을 때

직립보행하고 있는 나를 보는 저것들도

나랑 똑같은 생각 하고 있겠구나,

라고 여겨본다.

지저분 너저분.

막내아들은 학교에서 돌아오면 알림장과 숙제물을 거실 여기 저기에 눕혀주는 것으로 지저분 너저분 의식을 시작한다. 둘째 아들은 학교에서 돌아오면 가방과 양말을 거실 여기저기에 눕혀 주는 것으로 지저분 너저분 의식을 시작한다. 장남은 학교에서 돌아오면 갈아입은 옷을 자유롭게 펼쳐놓는 것으로 지저분 너저 분 의식을 시작한다.

"좀 치우고 놀아라."

참 쓸데없는 말이다. 내 입만 아파지는 말이다. 나름 최대한 절 제하고 하는 말이다. 아들들에게는 공기 속을 떠다니는 먼지 같 은 말이다. 말이 발길질할 말이다.

어쩌다가 한 번, 막내아들이 알림장을 책상 위에 올려놓았길 래 이때다 싶어서

"이야, 우리 아들! 정리 잘해놓았네. 멋지다."라며 미소와 함께

칭찬을 듬뿍 해주었다. 어라? 근데 반응이 영 시원찮았다. 표정의 변화도, 까불거림도 없었다.

"좀 치우고 놀아라."라고 말한 뒤 느꼈던 그 순간과 흡사했다.

아들들은 원래 그렇단다. 소아청소년과 의사인 모리 다네키는 아예 '꼬질꼬질 육아'를 추천하고 있다. 지저분하게 자란 아이들은 생존 능력이 강해서 아파서 병원에 가더라도 금방 씩씩해진다는 것이 이분의 주장이다. 한 편으로는 위로가 되고, 또 한 편으로는 불안하다. 흙냄새가 나는 손, 손톱에 때가 끼어 있는 손으로 아무렇지 않게 과자를 먹고 있는 아들들을 보고 있노라면 화가 치밀어 오른다. 저러다가 세균이 몸으로 들어가 아프기라도 해 봐라, 너는 잔소리 폭탄 감이다!

「쿵푸팬더」 만화를 보면 주인공인 포가 가지고 있는 최대의 마음 무기를 일컫는 단어가 나온다.

바로 평.정.심.

악한 대상은 가질 수 없었던 평정심으로 포는 보이지 않는 것을 보면서, 들리지 않던 것을 들으면서 악의 세력과 대결하여 승리한다.

다혈질에, 성격이 급한 나에게 꼭 필요한 덕목이 평정심이다. 특히 아들 셋을 키우면서는 더욱더.

나도 포처럼, 보이지 않는 것을 볼 수 있도록 들리지 않던 것을 들을 수 있도록 '지저분한 것, 그게 그렇게 문제가 되나?' 생각을 바꿔 먹어 보았다.

　막내아들은 이제 초등학교 1학년이다. 새로운 환경과 새로운 사람들에게 잘 적응해 준 한 학기에 마냥 감사해 보려 한다. 둘째 아들은 초등학교 1학년, 2학년 동안 일하는 엄마 때문에 외로이 혼자 집에 있었다. 워킹맘이라는 죄책감을 잘 사용하여 기본 생활 습관을 가르쳐 주는 노력을 하지 않은 건 나였다. 장남은 애어른 같은 모범생 스타일로 자신이 놔두었던 물건의 각이 흐트러져 있거나 차례대로 되어 있지 않으면 다시 정리한다. 여기에다가 옷 정리까지 하라고 엄마가 잔소리를 한다면, 너무하는 것 같았다.

　정리 안 하는 것이 그리 큰 문제는 아니니, 그냥 눈에 콩깍지 씌우고 지금까지 잘 자라준 아들들에게 하트 뽕뽕 시선을 날려 주어야겠다. 매번 잘 해낼 자신은 없지만 그래도 오늘 하루만큼은 무사히 보낼 수 있을 것 같다.

04 　　　　　　　　　　　 괴리

괴물이 불어보는
리코더 소리.

엄마의 믿음을

도 레 미 파 솔 라 시 도

차근차근 쌓아본다.

삑사리 나더라도 좀 봐 주라.

끝까지 불어볼 테니.

사랑한다 삐릴리.

27

"외할머니가 우리에게 과자 사 먹으라고 주신 돈이 만 원이니까 나누기 3을 해서 일단 3천 원씩 우리가 갖고, 남은 천 원은 우리 가족이 5명이니까 나누기 5를 해서 2백 원씩 다시 나누어 가지면 되겠네."

별명이 김 검사인 장남 이루는 딱딱 떨어지는 말을 잘한다. 예전에 외할머니 댁으로 가다가 교통사고가 난 적이 있는데 보통 아이들이라면 사고가 났을 때 놀라거나 할 말을 잃는 것 아닌가? 이루 왈,

"사고가 났으니 외할머니 댁은 못 가겠군." 이러더라.

머릿속에 계산기가 들었나, 뭘 그리 자로 재고 칼로 자르듯 인정머리 없게 말을 하나.

"아! 짜증 나!"

"왜 또?"

"책을 다 봤어."

"그게 짜증 날 일이야?"

"아, 몰라. 그냥 짜증 나."

가만히 있다가도 갑자기 짜증이 난다며 소리를 빽빽 질러대는 둘째 아들 소서. 신경질적이고 예민한 것까지, 생선 눈알과 조개를 즐겨 먹는 것까지 나를 쏙 빼닮았다.

"엄마 힘들어 보이네."

"내가 물 갖다 줄까?"

어떨 때는 청개구리의 회심의 눈물이 떠오를 만큼 엄마를 챙겨주고 측은지심이 읽히는 눈빛을 보인다. 알 수 없는 녀석. 여기저기 통통 튀며 돌아다녔던 내가 또 생각나게 하는 대단한 녀석. 가시가 뾰족뾰족 나 있던 나를 자꾸 되돌아보게 해서 한숨이 푹푹 나오게 하는 녀…석…, 이…새…끼….

"양말이랑 운동화 꼭 신을 거라고!"

한낮 기온이 38도인 여름 날씨에도 자신의 발을 지극정성으로 돌봐주고 싶어서 양말을 신고 거기에다가 운동화까지 갖춰 신는 막내아들 하명이. 보기만 해도 덥다. 저놈의 양말이랑 신발을 버려 버릴까?

"엄마는 내 말을 또 무시하네."

자신의 물음에 3초 안에 답을 안 하면 녹음기처럼 반복하는 말이다.

"거짓말하네."

그래서 빨리 대답을 해 주면 무조건 거짓말이란다.

아이들 각자가 타고난 기질이 다 다름을 인정하고, 단점이 장점될 수 있다는 긍정의 마음으로 아들들의 변화와 성장을 기다리고 있긴 하다. 알프레드 아들러의 '다른 사람의 눈으로 보고 다른 사람의 신발로 걷고 다른 사람의 가슴으로 느껴 보라'라는 말에도 공감한다.

아이의 행동에 담겨 있는 진짜 메시지를 읽을 줄 알아야 한다는 부모교육 책들도 틈틈이 읽고 있다. 귀찮게 굴거나, 힘겨루기를 하거나, 앙갚음하거나, 의기소침해지는 아이의 네 가지 행동을 루돌프 드라이쿠어스는 '빗나간 목표'라고 부른다는 것에, 이는 아이들이 부모의 사랑을 확신하지 못하고 불안할 때 보이는 행동이라는 내용에 밑줄도 그어 놓았다.

"민규 엄마는 엄마보다 요리도 잘하고 운전도 잘하니까, 민규 엄마와 친하게 지내세요."라고 말한다면 엄마는 어떻겠는가?

〈남자아이 심리 백과〉, 〈아들에게 해서는 안 되는 말 60〉, 〈남자아이 키울 때 꼭 알아야 할 것들〉, 〈아들을 잘 키운다는 것〉 이 책들과 어깨동무를 하는 〈아들 대화법〉에 나오는 내용이다. 그래, 다른 아이들과 내 자식을 비교하지 말자. 그래, 아이들을 있는 그대로 인정해 주자. 라는 생각도 했다.

그런데 갑자기 김건모의 노래 가사가 생각났다.

'내게 그런 핑계 대지 마. 입장 바꿔 생각을 해 봐. 니가 지금 나라면 넌 웃을 수 있니.'

노래 제목은 '핑계'였던 것 같다. 귀찮아서 정확한 노래 제목은 검색해 보지 않고 그냥 쓴다.

몰라서 못하는 마음보다, 알아도 못 하는 마음 때문에 죽을 때까지 혼란스러워해야 하는 존재가 부모이다. 그래서 오늘은 아들들에게 속 시원하게 말하지 못하는 흉보기를 좀 해 보았다.

05

상처

> 상상 속 행복은 이루어질거야.
> 처량하지만 승리를 확신하는 선혈 자국이 있으니.

아이들이 뛰어다니며 시끄럽게 놀아대는 소리
에서 부모님의 투덕거림이 스멀스멀 기어올라
불안이 추억을 뒤덮어 버리다.
그래, 불안아!
네 마음대로 해 보아라.
너도 나의 일부분임을 증명해 보아라.
그리고 나는 너보다 갑임을 알아라.

늘 지쳐 보이고 화가 나 있는 듯한 엄마는 나에게 공주였다. 어렸을 적 엄마에게 건넸던 편지를 보면, 엄마를 공주로 그려놓고는 구세주로 추앙하며 버림받기 싫어서 발버둥치고 있었다. '엄마, 제 마음 아시죠? 엄마에게 편지 준 것은 비밀로 해 주세요. 엄마를 기쁘게 해 드리고 싶어요. 엄마가 최고예요. 이 편지로 엄마를 귀찮게 해 드렸다면 죄송해요.'

결혼 생활에 있어 행복이라고는 개미 똥구멍만큼도 없던 엄마를 기쁘시게 해 드리고 싶어 안달이었다.

하루는 용돈으로 엄마 옷을 샀다. 엄마가 좋아하는 보라색으로 골라 기쁜 마음으로 선물이라며 건넸는데

"뭐 한다꼬 쓸데없는 데 돈을 쓰노? 니 아빠나 니나 돈 좀 쓰지 마라!" 이런 비슷한 말로 나를 야단쳤다. 순간, 뼁 돌았다. 죽고 싶어 했던 그 느낌이랑 비슷했다.

가위로 싹둑싹둑 엄마 옷을 잘라 버렸다.

그 뒤부터였던 것 같다. 사람들에게 부탁을 하는 것도, 선물을 건네는 것도 어려워하는 성격을 가지게 된 것이. 거절에 대한 두려움이다. 도와 달라는 말을 내뱉기가, 포장한 선물을 주기가 참 어려웠다. 긴장이 되었다.

나의 성격이 어떻게 형성되었는지 원인을 아는 것, 중요하다. 고치고자 하는 노력 또한 중요하다. 한데, 원인을 알 수 없는 결과도 있다. 왜? 라는 질문에 너무 집착하다 보면, 어떻게? 라는 질문에 대한 답을 찾을 수 있는 타이밍을 놓치게 된다. 어떻게 아느냐고? 내가 그랬으니까.

때로는 원인을 아는 것보다 좋은 결과를 위해 노력하는 것이 더 필요할 때가 있다. 정해진 시간 안에 어떤 일을 못 하거나 장소에 도착하지 않으면 불안해하는 내 성격은 고치지 않으려고 한다. 타인에게 피해를 주는 게 아니기 때문이다.

이유 없이 괜스레 짜증 나는 날에는 '지금 나는 기분이 좋지 않은 상태가 되었어. 집중 모드 돌입!'이라는 생각과 함께 감정 표현에 조심한다. 짜증은 상황과 사람에 따라 수위를 조절해 가고자 노력한다. 나의 좋지 않은 기분으로 인해 상대방까지 불쾌하게 만들기 때문이다.

하버드대학교에서 가장 많은 학생들이 듣는 과목 〈행복학〉의 샤하르 교수는 행복 6계명에 대해 말했다. 그중 1계명이 '인간적인 감정을 허락하라'이다. 우리가 가질 수 있는 감정을 있는 그대로 받아들이는 것이 행복해지는 방법이라는 것이다.

나의 모든 경험과 아픔과 감정들을 움켜쥐거나 떠나보내려 했을 때는 너무 힘들었다. 샤하르 교수님의 말씀처럼 나의 감정들을 그냥 있는 그대로 받아들이니 거짓말같이 행복한 감정이 몰려왔다. 흘러가는 강물을 보고 "너 왜 흘러가고 있니? 너의 존재 이유는 뭐야?"라고 묻는다면, 강물은 무어라 대답할까. 아마, "그냥." 또는 "몰라." 정도가 아닐까.

나의 감정, 나의 모든 것을 그냥 받아들여 보자.

나의 감정, 나의 모든 것이 이해되지 않더라도 받아들여 보자.

나의 감정, 나의 모든 것을 나까지 내치거나 집착해 버린다면 내가 얼마나 불쌍해지겠는가.

엄마로 살고 있는 거, 안 그래도 힘든데 더 이상 우리 스스로를 힘들게 하지 말자. 내가 행복을 결심해야 내 삶도 따라서 행복을 결심해 준다. 오늘 행복해야 내일도 행복할 수 있다.

06

피곤

‘

피차 너희들도 그럴 때가 있을 거야.
곤하게 아무 생각 없이 잠만 퍼질러 자고 싶을 때가.

’

미안해.

그래도 나를 너무 나쁜 엄마라 생각지 말아줘.

진짜 피곤해서 그래.

우리 집은 아들들에게 문제집 3장을 풀면 게임을 1시간 하게 해 주는 규칙이 있다.

"엄마, 문제집 3장 더 풀고 게임 1시간 더 해도 돼?"
"어."

오늘은 게임의 해로움, 중독의 걱정, 놀아주지 않는 엄마로서의 죄책감에 대해 생각하는 그 모든 것이 귀찮았다.

"엄마, 아이스크림 하나 더 먹어도 돼?"
"어."

오늘은 찬 음식을 많이 먹으면 배가 아프다는 것, 아이스크림의 해로움, 아이들의 건강을 걱정하지 않는 엄마로서의 죄책감에 대해 생각하는 그 모든 것이 귀찮았다.

"엄마, 저녁은 라볶이 해 줘."
"어."

오늘은 밥심의 중요성, 밀가루의 해로움, 반찬 제대로 안 해 주는 엄마로서의 죄책감에 대해 생각하는 그 모든 것이 귀찮았다.

오늘은,
38도 여름 날씨에 생리 중이었기 때문이다.

07

지혜

‘

지렁이처럼 꿈틀꿈틀하며 하나 건진
혜안

’

아들들이 서로 싸우는 것보다

내 살들이 서로 싸우는 것이 덜 힘든

몇 줄 사 온 요구르트가 이제 한 줄 남았다. 한 줄
에 5개 들어있는 요구르트.

첫째, 둘째, 막내가 하나씩 먹고 2개밖에 남지 않았다.

하나씩 더 먹기에는 개수가 모자라 이내 싸움의 요지가 될 터.

아들들이 만화 보기에 푹 빠져 있을 때 남아있는 요구르트 2개
를 후다닥 홀짝홀짝 마셨다.

증거 인멸이 중요하니,

빈 병과 비닐 껍질도 조심스레 버렸다.

다행히, 모르는 눈치였다.

08

정도

> 정감 가는 사람이
> 도리어 고개를 숙이더라.

정도껏 하겠습니다.

아이 사랑도, 죄책감 느끼는 것도,

잘하고자 하는 욕심도,

우는 것도,

웃는 것도.

　2010년 서울대학교 아동가족학과에서 만 5세 이하 자녀를 둔 엄마 3,070명을 대상으로 어떤 연구를 했다고 한다. 엄마들이 일상에서 가장 행복하다고 느끼는 상황과 반대로 가장 우울하고 피곤하다고 느끼는 상황에 대한 연구였는데, 결과는 '자녀를 돌볼 때'로 똑같았다.

　극과 극의 질문에 대해 같은 결과가 나온 위의 내용은, 엄마로서는 격하게 공감할 수 있다고 생각한다. 아이들을 키우면서 제일 많이 드는 생각이 '나는 미친년인가?'이다. 고상하게 표현해보자면 양가감정을 자주, 많이 느낀다는 것이다.

　그만큼 엄마들은, 생각과 감정이 복잡해지는 일을 하고 있다. 양육이라는 것이 참 그렇다.

　같은 상황이라도 엄마의 기분이 좋지 않을 때와 좋을 때의 결과가 다르다. 아이스크림은 하루에 2개씩 먹는 것으로 규칙을 정

해 놓았는데, 옷을 한 벌 사 입은 날이면 등에서 날개가 돋는다. 아이들이 물어보지도 않았는데 인심 쓰듯,

"오늘은 아이스크림 더 먹어도 돼."라고 쿨하게 쏜다.

등에 거북이가 있는 것 마냥, 남편은 약속 시각 10분을 남겨 놓고도 활발한 움직임을 보이지 않았다. 냉동실에서 아이스크림을 꺼내는 아들들의 모습도 눈에 거슬린다.

"아이스크림 많이 먹으면 배 아픈 것 알지? 너희들이 병원에 가게 되면 힘들어지는 건 엄마야."라고 또 쿨하게 쏜다.

이성적이지 못하고 공평하지 못한 나의 모습에 죄책감을 느낀다. 죄책감은 변화와 성장을 이룰 수 있는 좋은 양분도 되지만, 죄책감을 꾸며주는 형용사에 따라 좋지 않은 결과를 가져오기도 한다. 지나친 죄책감, 부적절한 죄책감이 문제가 되는 것이다.

양육에 대한 죄책감은 씁쓸하게도 다시금 아이를 과잉보호하게 되거나 공격적인 양육 형태로 나타난다는 데 나는 양육 죄책감, 과잉보호, 공격적인 양육 이 모든 삼박자를 두루 갖추고 있는 엄마이다.

아이들과 10번 잘 놀아주다가도 1번 화내면 말짱 헛일이라는 말이 맞을까, 엄마가 아이들에게 화를 내면서 소리를 지르더라도 자주 반복하지 않으면 아이들에게 미치는 영향은 미미하다는 말이 맞을까. 솔직히 말하면, 어떤 게 맞는 소리인지 궁금하지

않다. 후자의 말이 맞는다고 믿고 싶은 거다.

　아주 까막눈 때는

　공부가 꿈이엇는디

　인자 쪼매 눈뜨니

　애미 업는 손자 고등학교

　마칠 때까지 사능기 꿈이요

　내 나이 칠십다섯잉께

　얼마나 더 살랑가 몰라도

　우짜등가 즈그 앞가름까지

　잘 거더 매기고 다부지게 살 거시요

　그것시 이 할미 꿈이요

　김생엽 할머니가 쓰신 '할미 꿈'이라는 시다. 잘 걷어 먹이는
거, 다부지게 사는 거, 이것이 일흔다섯 연세이신 할머니의 꿈이
란다. 아들 셋 둔, 서른여덟인 나는 엄마로서 어떤 꿈을 꾸고 있
는 것인가. 절대로 이룰 수 없는 '100점짜리 엄마'를 꿈으로 가지
고 있는 것일까.
　에이 플러스 점수에 매달리지 말자. 어차피 안 되는 건 안 되
는 거다. 비 마이너스 점수를 바라보며, 조금 모자란 듯한 점수
는 미래의 희망으로 남겨 두자. 완벽한 엄마? 그 기준도 모호하

지만 완벽한 엄마는, 아이들에게도 엄마들에게도 재수 없는 존재가 될 테니까. 이 정도면 되었다. 그래, 이 정도면 되었어.

09

인정

> '인간'이란 단어보다 '사람'이란 단어가 잘 어울릴 수 있도록
> 정식으로 제 삶에 고개를 끄덕거려 보는 바입니다.

무엇이든 삼 세 번이라 하니, 나는 부족해.

나는 부족해.

나는 부족해.

아들이 셋이니, 엄마는 부족해.

엄마는 부족해.

엄마는 부족해.

아들이 셋이니, 엄마, 괜찮아.

엄마, 왜 그래.

엄마, 간지나.

．
．
．
．
．
．
．

가방끈 좀 길게 해라. 어디 가는데? 어제 친구 만나고 왔잖아. 가방끈 좀 길게 하라니까. 앉아봐라. 초밥 먹으러 가자. 니 몸에 내 피가 흐르고 있고 내 몸에 니 피가 흐르고 있는데 얻다 대고 혈연관계 이야기를 꺼내? 가방끈 좀 어떻게 해 봐.

커피숍에서 글을 쓰고 있는데 내 등 뒤에서 엄마와 아들, 아니 엄마의 일방적인 잔소리가 여름의 소낙비처럼 따끔거리고 있었다. 아들의 얼굴을 미리 보지 않았더라면 초등학생을 둔 엄마가 자식을 걱정하며 하는 소리겠거니, 했을 텐데 나는 이미 아들의 얼굴을 보았다. 확실히 대학생이었다.

저 정도 잔소리를 들었으면 엄마에게 고개 빳빳이 들고 따질 만도 한데, 대학생인 아들은 중저음의 목소리로 가끔 대답을 했다. (엄마의 잔소리에 무어라 대답하는지 참으로 궁금했지만 아쉽게도 잘 들리지 않았다.)

용돈을 받아야 하는 상황이라서, 자신이 을이라는 확실한 정체성을 알고 고분고분 콘셉트를 선택한 것일까. 하여튼 나는 도무지 주제를 알 수 없는 엄마의 이야기를 의도치 않게 듣고 있었다. 약간의 뿌듯함과 함께.

음, 나는 저렇게 중언부언하며 우리 아들들에게 말하지 않아. 내 감정을 한 번 거르고 원인과 결과에 맞추어 이야기하려고 노력하는 엄마라고. 저 엄마가 하는 말들을 우리 아들들이 들었어야 하는데. 너희들의 엄마는 생각보다 괜찮은 엄마라는 것을 알아야 하는데. 난 좀 우아한 엄마인 듯.
나를 돋보이게 해 준 커피숍의 대학생 엄마에게 고마운 생각마저 들었다.

모르는 게 약이다.
아는 게 힘이다.

우리 아들들이 나의 자뻑을 알게 된다면, 두 가지 속담 중에 어떤 것을 나에게 들이밀어 줄까.
"엄마가 우리에게 어떤 엄마인지 모르는 게 약이겠어요."라고 말하며 침묵을 지켜주는 아들이 고마울까. 아니면,
"엄마가 우리에게 어떤 엄마인지 좀 아셔야 해요."라고 말하며

내가 몰랐던 나의 치부를 하나하나 가르쳐주는 아들이 고마울까.

분석심리의 창시자 융은 '가장 몸서리치게 두려운 것은 자기 자신을 완전하게 다 받아들이는 것'이라고 말했다. 융의 말에 따르면 '아는 게 힘'이다. 나의 모든 모습을 다 받아들이는 것은 정말 힘들고 괴로운 일이지만, 직면의 결과는 용기를 배우게 해 주고 평안함을 선물해 준다.

커피숍에서 자뻑 때렸던 내가 얼음에 잔뜩 녹아있는 캐러멜 마키아토 맛 같다. 밋밋해진 나 자신마저도 있는 그대로 받아들일 때 나름의 이성적인 판단을 할 수 있다. 그러니 받아들이자. 나의 자뻑을. 나의 부족함을. 남아있는 캐러멜 마키아토를 홀짝거리며 마셨던 오늘의 마음을 잘 저장해 두자.

오늘은 아는 게 힘이다.

10

울음

울적한 너의 마음, 나의 마음을
음미할 수 있기 위한 전투태세.

웃음과 울음.

쌍둥이로 태어난 너희들인데

웃음만 편애해서 미안해.

'이 새끼가 진짜.'

화가 순식간에 치밀어 오르는 순간이 왔다. 큰아들이 아무 말 없이 눈물을 뚝뚝 흘리고 있을 때이다. 큰아들은 소리 내어 울지 않는다. 돌처럼 가만히 서서 눈물만 흘린다. 소리를 내어 울든, 조용히 울든 나는 아이들이 눈물을 흘리는 모습 자체가 꼴 보기 싫다. 화가 난다.

조금 다행인 것은 내 분노의 원인을 알고 있다는 거다. 어렸을 적 나는, 울지 못했다. 부모님의 잦은 싸움, 큰 싸움에 내 울음소리가 더욱 큰 해가 될까 봐 울음을 꾹꾹 눌렀다. 울음소리를 눌러댔던 것이 습관이 되어 지금도 기침을 할 때 소리를 누르는 습관이 남아 있다.

제대로 울지 못하고 컸던 나에게 있어서 눈물과 울음소리는 어마어마한 스트레스다. 아이들의 울음소리는 나의 열등감과 억울함을 자극한다.

야! 나는 제대로 울지도 못하고 컸다고! 너희들은 팔자가 늘어
졌구나. 어디서 그렇게 편안하게 울어대는 거야? 나처럼 참아야
지. 꾸역꾸역 울음을 삼키란 말이야! 나는 그렇게 울지 못했어!
우는 게 큰 잘못인 줄 알았다고! 근데 너희들은, 너희들은 뭐야?
울지 마! 나처럼 울지 말라고! 너희들도 그래야 해!

초감정. 가족치료 전문가인 존 가트맨이 1997년에 정의 내린
개념으로 감정을 해석하는 감정, 감정에 대한 감정, 감정에 대한
생각과 태도를 의미한다. 아이가 우는 건 아이의 감정 때문인데,
엄마는 해결되지 않은 자기감정으로 아이를 보게 된다. 엄마의
초감정을 이해하지 못해 '어디서 지금 울고 있는 거야? 왜 나한
테 화를 내는 거야?'라는 왜곡된 생각으로 아이에게 분노하게 되
는 것이다.

엄마에게 있어서 자식이란 존재는 사랑의 대상임과 동시에 일
의 대상이 된다. 그래서 힘이 든다. 무한 사랑을 퍼부어 주다가
도 아이가 화를 내거나 울음을 보이면 엄마 역시 짜증이 난다.
이럴 때는 사랑하는 마음을 잠시 접어두고 일을 대하듯 객관적
인 시선과 마음을 가지라고 한다.

말이 쉽지. 누가 몰라서 못하나. 안되니까 못하는 거지. 그래
도 어쩌겠는가. 세상에는 나보다 먼저 시행착오를 겪어보고, 우
리 같은 엄마들을 도와주고 싶어 미친 듯이 공부하고 연구하여

부모교육 책을 내어준 고마운 사람들이 많다. 내 마음이 힘들다고 해서, 실천하기가 힘들다고 해서 이들의 말과 진심을 무시하면 안 되지 않겠는가.

그래서 한숨과 함께 다시금 나를 들여다본다.

나는 아이들의 눈물과 울음소리만 싫은 게 아니었다. 큰아들의 모습에서 나를 보았다. 나의 어릴 적 모습을 보았다. 그게 싫은 거였다. 울지 못했던 나의 억울한 마음이 보여서 큰아들의 눈물이 그렇게도 싫은 거였다. 그거였다. 나는, 나 자신에게 화를 내고 있었다.

지금은 큰아들을 이해하는 것보다, 나의 눈물과 울음소리에 관대해지는 게 먼저다. 울지 못했던 나의 과거의 마음을 토닥거려 주고 함께해주는 게 먼저다.

큰아들아, 미안하다.

11

미안

> 미국 엄마든 한국 엄마든
> 안 그래야 되는데, 후회하는 마음은 쌍둥이.

우리는 매일 성찰 중이다.

우리는 매일 성장 중이다.

．
．
．
．
．
．
．
．

일했을 때는 아이들의 가방을 두 달에 한 번씩 씻
어주어서,

반찬과 간식은 죄다 사다 먹여서,

쉬는 날에는 엄마 피곤하니까 조용히 놀라고 말해서,

8시 5분까지만 밥 먹고 학교 가라고 해서,

소풍날인지 모르고 원복도 안 입히고 점심도 준비해주지 않아
서 미안했다.

집에 있는 지금은

아침, 저녁밥 차려 주는 게 귀찮아서,

놀아달라고 하는 막내아들의 부대낌이 귀찮아서,

준비물 사러 문구점에 같이 가자고 하는 둘째 아들의 말이 귀
찮아서,

장남이 어려워하는 수학 문제를 같이 풀어줄 수가 없어서,

간식을 만들어서 주는 예능인 엄마 모습을 텔레비전에서 보고 감탄하는 아이들의 모습에 묵묵부답하며,
미안하다.

그리고 나에게 오아시스가 되어주는 한 문장을 발견했다.

'좋은 엄마가 되고 싶다는 마음을 가지는 것만으로도 치유와 탐색의 시간이 된다.'

그래서 나는, 아이들에게 미안한 마음을 무기 삼아 매일 매 순간 나 자신을 탐색해 보고 나 자신을 치유하는 성찰의 시간을 가져 보려 한다. 나는, 좋은 엄마가 되고 싶으니까.

12

모성

'
모난 돌이 정 맞는다고
성난 엄마의 마음을 시기하는 너.
'

너는 뭐, 완벽하니?

나에게 모성이란 존재하고 있는 것일까.

"내 거야!"

장난감 하나를 가지고 온몸과 온 마음으로 싸워대는 아들 새끼들을 보면 손에 잡히는 대로 물건을 집어 던져 버리고 싶은 충동이 든다. 저 새끼들의 머리카락을 쥐어뜯어 버리고 싶어진다. 문밖으로 내쫓아 버리고 싶어진다.

나의 충동적인 분노의 원인은 부모님의 크고 잦은 싸움 속에서 자라면서, 불안과 공포가 해결되지 않았기 때문임을 알고 있다. 그건 그렇고, 이제 나는 자신을 스스로 책임지고 다듬어 가야 할 어른이다. 나의 모난 모습을 보며 "에구, 네 부모님 때문에 힘들어서 그런 거구나. 이해해."라고 말해 줄 사람은 없다. 그렇게 벗어나고파 했던 부모님의 인생인데, 부모님께 핑계를 돌린다는 건 앞뒤 말이 안 맞는다.

엄마로서 자격 미달이라는 생각은 나의 존재를 아예 무시하고 싶을 정도의 어마어마한 파괴력을 가지고 있다. 이런 형편없는 엄마로 사는 건 짜증 나, 그냥 죽는 게 낫지 않을까, 라는 생각을 하면서도 죽을 때 죽더라도 또 미친 듯이 노력하고 있는 아이러니한 내 모습도 발견하게 된다.

유레카!

모성에 대한 희소식을 책에서 보게 되었다.

첫째, 모성은 불완전한 본능이라는 것이다. 나처럼, 엄마로서 자신을 비하하게 되는 생각의 바탕에는 생물학적 본능인 모성에 양육 기술과 사회가 강요하는 엄마의 기대 상이 더해졌기 때문이다. 우리가 본능이라고 하는 모성의 행동에는 아이를 키우고, 공부를 시키고, 생활교육을 가르쳐주는 것을 포함하지 않는다고 한다. 그런데 우리 엄마들은 아이의 양육에 부족한 자신을 느끼면 모성을 의심하는 것이다.

본능적인 모성을 절반이라고 했을 때, 나머지 절반(양육 방법이나 교육의 기술)은 경험을 통해 배워야 한다. 즉, 배움은 미숙함을 포함한다는 뜻이므로 어설프고 부족한 엄마의 모습을 보이는 것은 당연하다는 말이 되겠다. 정말 기쁜 소식이다.

그리고 또 하나, 모성은 경험으로 학습된다는 사실이다. 대표적인 모성 간호학자인 피츠버그 대학교의 루빈 교수님은 모성적인 행위는 본능만으로 생기는 것이 아니라 아이를 키우는 기본적인 활동을 통해 학습되는 것이라고 주장했다. 고마운 루빈 교수님.

모성은 경험을 통해 학습되는 것인데 핵가족 형태로 살아가는 요즈음 엄마들은 모델링을 할 수 있는 사람이 없기 때문에, 모성을 학습할 기회가 별로 없다고 부모 자녀 관계 전문가인 최성애 박사님도 말씀하고 계신다. 고마운 최성애 박사님.

모성을 의심하는 엄마의 마음은 나만 가지는 특수성이 아니라, 엄마라면 누구나 가질 수 있는 보편타당성을 지니는 공감의 마음인 것이다. 엄마로서 부족함을 느끼는 마음이 양육 기술까지 해결해주지 않는다는 사실 또한 모든 엄마에게 동일하게 적용되는 진리이다.

아이를 잘 키우느냐 못 키우느냐로 엄마의 존재성에 대해 점수를 상중하로 나눌 수 없다는 것이다. 그냥 살아가는 하나의 과정일 뿐이다. 영국의 육아 전문가인 프랭크 퓨레디 박사님은 "부모들을 그냥 내버려 두는 것이 진정한 해결책이다."라고까지 말씀하셨다. 고마운 퓨레디 박사님.

절반의 모성에게 심심한 위로의 말을 건네는 바이다. 부모라는 이름으로 이 시대를 살아가고 있는 우리들은 위대하다라고 외치는 바이다. 내 새끼들에 대한 미운 마음을 행동으로 옮기지 않으며 괴로운 마음으로 부모교육 공부를 쉬지 않았던 나의 노력을 치하하는 바이다.

13

시선

'

시시콜콜한 건 좀 시원하게 놔두고
선하게 가르쳐야 할 건 좀 선하게 가르쳐줄 수 있는 눈빛이 되길.

,

한쪽 눈으로는 울고

한쪽 눈으로는 웃을 수 있는

신기한 장기를 가진 사람보다,

두 눈으로 울고

두 눈으로 웃을 수 있는

평범한 마음으로 너를 바라볼 수 있는 사람

이 되길.

몸으로 잘 놀다가 부딪힘이 아팠는지 싸움으로
번져서는

"형아가 먼저 세게 했다!"

"나는 미안하다고 했다!"

"못 들었어!"

라고 티격태격하는 아들들의 모습을 보고는 형님이 툭 내뱉은 말.

"아빠가 부목사님인데 너희들 그러면 안 되지."

아빠의 직함에 어울리지 않는 너희들의 행동은 곧 아빠를 욕
먹이는 행동이라는 뜻을 포함하고 있는 이 말에 나는 동의하지
않는다.

"형님, 그런 말씀은 마세요."라고 곧 반박했다. 아빠는 아빠인
거고, 아이들은 아이들인 거다. 남들 눈에 잘 보이기 위해, 부모

님 욕 안 먹이기 위해 말하고 행동하는 것은 동기 자체가 깨끗하지 못하다는 것이 나의 생각이다. 그것도 자아 정체성이 확실히 정립되지 않은 우리 아이들의 나이에는 더욱더 어울리지 않는 훈계의 말이다.

〈마더쇼크〉 제작팀이 미국 엄마들, 한국 엄마들과 함께 재미있는 실험을 해 보았다. 뇌 활성도 및 평소 사용하는 말과 태도에 따른 미국 엄마와 한국 엄마의 차이점을 밝혀냈는데, 서양에서는 자기 눈으로 자기 자신을 바라보는 것을 더 중요하게 여기지만, 동양에서는 다른 사람이 나를 어떻게 보는지와 다른 사람과 비교해서 내가 잘하고 있는지가 자신을 평가하는 중요한 기준으로 여긴다는 결과가 나왔다.

아이가 무엇을 잘못하면 엄마인 자신 때문이라고 생각하는 것, 매번 80점 성적표를 받아오다가 100점 성적표를 받아온 아이에게 긴장을 늦추면 안 된다고 말하는 것, '엄친남'이라는 단어가 유행하는 것, 헬리콥터 맘의 문제점에 대해 시선이 집중되는 것, 이 모든 현상이 실험의 결과를 대변해 주고 있다.

나 역시, 남들의 시선을 의식하며 산다. 집보다 커피숍에서 글이 더 잘 써지는 이유이다. 노트북 자판을 두드리고 있거나, 노트에 필기를 하거나, 책에 밑줄을 긋는 나의 모습을 타인이 보고 있다고 생각하면 뿌듯함이 느껴진다. (나를 지켜보는 커피숍 손님이 있는지 없는지 모를 일이지만.)

슈퍼에 물건을 사러 가거나 아이들을 데리러 학교에 가는 길, 교회로 걸어가는 와중에는 무조건 입꼬리를 살짝 올리고 걷는다. 평생 나를 기억하지 못할, 그저 스쳐 지나가게 될 그 사람들에게마저 나의 이미지를 좋게 보이고 싶어서이다. (찡그린 얼굴보다는 낫다고 생각한다.)

인정의 욕구와 타인의 시선을 바라는 마음 자체를 나쁘게 여기며, 속세를 멀리하고자 하는 뜻은 없다. 다만, 나의 욕심과 결과 중심적인 생각들이 다른 사람을 괴롭게 한다면 문제가 된다. 이 다른 사람 중에는 내 자식도 포함된다.

아빠가 부목사라고 해서 무조건 자신의 감정을 누르고, 옳지 않은 상황도 맞는다고 고개를 끄덕거려 주고, 착하다는 말이 자신들의 존재를 다 해주는, 사람들의 인정만을 바라며 삶을 살아야 하는 우리 아이들이 된다는 것은, 생각만 해도 너무 슬픈 운명이다.

어른을 보면 인사해야 하는 것은 당연하게 지켜야 하는 기본 예절이다. 그냥 "인사드려야지."로 끝내면 되는 말을 "아빠가 부목사님인데 너희들이 잘해야지."라고 글자 수를 늘려가며 이상한 이유를 대긴 싫다.

내 자식을 있는 그대로 바라본다는 것, 정말 어렵긴 한 일이다. 그러나 어렵게 느껴지는 모든 일을 방치해 두었다면 변화와 성장이란 단어는 이 세상에 태어나지 않았을 것이다. 엄마로 살게 되든, 직장인으로 살게 되든, 솔로로 살게 되든, 부목사님으로 살게 되든, 부목사님 아들들로 살게 되든, 사는 것 자체가 쉽지 않다. 거기에다가 남들한테 너무 잘 보이려고 모양새 이상한 잣대까지 들이대지 말자. 그냥 좀 두자.

14

물음

‘

물과 불은 필연일까, 악연일까.
음지와 양지는 필연일까, 악연일까.

’

다 필요한 것들인데

그냥 좀 잘 살지.

그냥 좀 잘 살아 보았음 좋았을걸.

"아빠, 왜 이혼했어?"

가슴의 통증을 느끼며 울면서 잠에서 깼다.

꿈에서 막냇동생이 아빠와 통화를 하고 있었다. 전화기를 뺏어서 나는 조금 뜸을 들이다가 아빠에게 물어보았다. 엄마와 왜 이혼을 했냐고. 꿈속이었는데도 내가 머뭇거리면서 아빠에게 물어보았다는 것을 알 수 있었다. 그리고 얼굴을 보지 못한 채, 전화라는 도구를 사용해서 내 마음을 표현했다. 16년 동안 물어보지 못했던 그 말을. 아빠의 대답을 듣지 못하고 바로 잠에서 깨어 버렸다.

난 정말 궁금했던 것일까. 부모님이 왜 이혼을 하게 되었는지. 왜 이혼을 선택할 수밖에 없었는지. 부모님께 물어봐도 되는 말인 걸까. 단 하나라도 명확한 답이 없는 질문들이 떠올랐다.

그리고 이내 우리 아이들 생각을 하게 되었다. 우리 아이들이 어른이 되면 부모인 나에게 물어보고 싶은 말에는 무엇이 있게 될까. 나처럼 머뭇거리며 고민하며 물어보지 못할 말들이 생기게 될까. 아니면 따지면서 큰소리치면서 물어볼 말들이 있게 될까.

잘 살아야겠다.

언어

'
언저리에 있는 빛을 보았어
"어머, 그랬구나." 공감의 빛을 말이야.
,

너의 세상,

이 어미의 말로 지켜줄게.

:
:
:
:
:
:

"빌어먹을 년들."

몇 년 전, 엄마 마음대로 커 주지 않는 내 동생들을 향해 엄마가 종종 내뱉던 말이었다.

"엄마는 애들이 진짜 빌어먹고 살면 좋겠어?"

언니로서, 딸로서 깔끔하게 엄마에게 한 말씀 드렸다. 순간, 얼어버린 듯한 엄마의 표정을 지금도 잊을 수 없다. 그 뒤로 엄마는 '빌어먹을 년들'이라는 말을 하지 않았다.

"지랄들하고 있네."

요즈음 내가 아들들을 보고 한 번씩 하는 말이다.

"엄마, 왜 욕을 하고 그래?"

"욕 아니야."

"그럼 나도 따라 할래."

"안 돼. 엄마만 쓸 수 있는 말이야."

아들들의 생각에 논리적으로 전혀 말이 맞지 않게 대꾸했다.

'지랄'의 뜻을 찾아보니, 마구 법석을 떨며 분별없이 하는 행동을 속되게 이르는 말이라고 한다. 나도 우리 아이들이 이렇게 자라기를 바라면서 하는 말은 아닌데. 스트레스는 받으면서 진짜 욕은 하지 못하겠고, 내가 아이들에게 최대한 분노를 표현하려고 욕 같기도, 욕이 아닌 것 같기도 해서 선택한 단어이다. 우리 아이들이 내가 엄마에게 했던 것처럼, "엄마는 우리가 진짜 지랄을 했으면 좋겠어?"라고 반박한다면 할 말이 없을 것 같다.

"지금 나를 잡으려고 군대까지 동원하고 엄청난 돈을 쓰는데 나 같은 놈이 태어나지 않는 방법이 있다. 내가 초등학교 때 선생님이 '너 착한 놈이다.'하고 머리 한 번만 쓸어주었으면 여기까지 오지 않았을 것이다. 하지만 5학년 때 선생님이 '새끼야, 돈 안 가져왔는데 뭐 하러 학교 와? 빨리 꺼져!' 하고 소리쳤는데 그때부터 마음속에 악마가 생겼다."

희대의 탈옥수 신창원이 쓴 책 〈907일의 고백〉에 나오는 글이다.

"이런 기적을 만들어 낸 것은 바로 저의 어머니 '소냐 카슨' 덕분입니다. '벤, 너는 마음만 먹으면 무엇이든지 할 수 있어. 다른 사람이 할 수 있으면 넌 더 잘할 수 있단다'라고 어머니는 늘 저를 격려하며 용기를 주셨습니다. 그 덕에 오늘의 제가 있을 수 있었습니다."

세계에서 처음으로 샴쌍둥이 분리 수술을 성공시킨 벤 카슨 의사가 했던 말이다.

  엄마에게 똑똑한 척하며 일침을 가했던 내가 우리 아이들에게는 지랄하고 있다고 하다니. 아, 정신 차리자. 말조심하자. 말의 힘을 무시하지 말자. 아이들은 부모의 믿음만큼 자란다고 하는 말을 잊지 말자.

16
그 후

> '
> 그림자마저 부러워한 어두웠던 시절을
> 후후, 미소로 마주할 수 있을 거예요.
> ,

울음,

웃음만큼이나 힘이 셉니다.

그냥 좀 울고

울었던 나에게 대견하다 할래요.

"자살 충동을 느끼고 있고, 분노와 억울함이 있어요. 자존감도 바닥이에요."

사소한 일에도 괴성을 지르며 자신의 목을 누르는 것을 재미 삼아 하면서, 싫다는 이야기를 했다.

초등학교 3학년인 둘째 아들이 말이다. 집에서 가까운 심리상담센터를 알아보고 예약을 하려고 전화번호를 누르는데 가슴이 쿵쾅거렸다.

질문지에 아들이 체크한 내용을 종합해 보고 선생님은 위와 같이 말씀하셨다. 미술 치료를 했는데 화산이 하늘에 떠 있다가 곧 폭발해서 세상을 삼킬 거라는 이야기를 했단다. 내 아들이 말이다. 억울한 감정은 기억이 나는데 언제, 어떻게 억울한 경험을 했는지는 기억에 없단다. 내 아들이 말이다. 자신은 바다인데 엄마는 토끼라서 자신을 도와줄 수 없을 것 같다고 말했단다. 내 아들이 말이다. 분노조절장애와 소아 우울증이란다. 내 아들이 말이다.

가슴이 무너져 내릴 것 같다는 감정을 그때 알게 되었다. 원인
이야 어찌 되었든 무얼 어떻게 해야 할지, 내가 어떻게 정신을
차릴 수 있을지, 이 길고 험한 과정은 언제 끝나게 될지 전혀 감
을 잡지 못했다. 아들을 부둥켜안고 펑펑 울기도 했고, 엄마 보
고 어떡하라는 거냐며 가방을 던지기도 했다. 교회에서 가슴을
치며 기도도 했다. 아들의 분노를 지켜보며 안쓰러워하다가도
나 자신에게 지쳐서 살기 싫다는 일기도 썼다. 아들을 잘 도와주
어야지, 다짐했다가도 이러다 내가 먼저 죽겠다 싶기도 했다.

물론 지금도 아들은 조그마한 일에 화를 내고 짜증을 낸다.
"엄마는 내가 싫지?"라는 질문을 하며 자신의 존재를 입증하려
고 한다. 동생이 자신의 마음에 안 드는 말과 행동을 하면 등을
때리고 꼬집는다.

아들에게 달라진 점이 있다면, 자신의 감정을 표현하는 단어
를 쓰게 되었다. 짜증 난다는 말, 심심하다는 말, 그냥 화가 난다
는 말을 한다. 기분 좋지 않은 일을 풀어가는 시간이 짧아졌다.
나에게 괜스레 삐져 있다가도 이내 뽀뽀를 해 준다.

나에게 달라진 점이 있다면, 아들이 화를 내면 그냥 지켜보려
고 노력한다. 짜증 낼 것을 알면서도 먼저 장난을 걸어본다. 감
정은 드러내지 않고 원인과 결과를 요목조목 이야기해 주며, 잘

못한 행동과 말에 대해서만 일러주려고 한다. 내가 싫어하는 오목 두기와 블루마블 게임을 같이 한다.

펑펑 울고 난 후 다짐했기 때문이다. 나의 부정적인 생각에 절대 지지 않겠다고.

나는 안다.

앞으로 나에게 어떠한 일이 생기게 되더라도 글을 쓰고 있을 것을.

앞으로 우리 아들에게 어떠한 일이 생기게 되더라도 견뎌내고 있을 것을.

왜냐하면,

글을 쓸 거라고, 견뎌낼 거라고 지금 내가 글을 썼기 때문이다.

실패 소지가 다분한 일이긴 한데, 나는 할 것이다.

인생, 뭐 별거 있겠는가.

실패는 성공의 어머니라고 하니, 그래서 나는 엄마인가 보다.

제 2 장

선택

볼 수 없고 만질 수 없는
그것이 최선의 선택이었다

오늘은 울고 내일은 웃을 것이다.

아니, 내일도 울게 될지언정 나의 몸부림은 태양의 거름이 될 것이다.

우리의 눈을 뜰 수 없게 만든다고 태양을 욕할 자 있는가.

볼 수 없고 만질 수 없는 그 무엇이 최선의 선택이었다고 말해주기 위해

태양은 꽃 한 송이, 바람 한 줌으로 다시 태어났다.

볼 수 없고 만질 수 없는 엄마의 마음이 최선의 자양분이었다고 말해주기

위해 사랑은 꽃 한 송이, 바람 한 줌이 되어 드라이브 간다.

01

그때

> '
> 그렇게 이렇게 저렇게 우리가 흘러가고 있었던
> 때때로 멈추어 서게 되더라도 우리가 여전히 흘러가고 있었던.
> '

아이들에게 조금 덜 미안해질 수 있도록

잔소리는 조금 덜.

"엄마, 이건 비닐이야? 종이야?"

스티커 북에 있는 스티커를 다 붙이고 난 후 버려야 하는 종이를 들고 막내아들은 이것이 종이인지 비닐인지 매번 물어본다. 종이는 찢어지지만, 비닐은 찢어지지 않고 매끈매끈한 느낌이 난다는 정도로 설명을 해 주었는데 막내는 늘 헷갈리나 보다.

처음에는 막내가 이해되지 않았다. 그런데 어느 날,

"엄마, 비닐도 찢어지는데?" 하고 막내가 찢어진 비닐을 가지고 왔다. 아, 그렇구나. 비닐도 찢어지는구나. 그렇다고 종이와 비닐의 차이점을 확실히 알 수 있도록 설명할 수 있는 지혜가 나에게는 없었다. 그냥 매번, 쓰레기를 재활용해서 버릴 수 있도록 아들이 물어볼 때마다 대답해 주기로 했다. 스티커 북에 있는 종이도 매끈매끈한 것이 어찌 보면 비닐 같았다. 내가 잘못 알고 있는 걸까? 지금까지 종이라고 알려주었던 엄마의 자존심이 스멀스멀 기어 올라와서, 이것의 정체가 정확히 무엇인지 알아보기는 싫었다. 끝까지 종이인 걸로 알고 있을 테다.

  둘째 아들은 성격이 급해서 쓰레기를 버릴 때마다 자신의 느낌대로 분리수기를 한다. 히루는 휴지가 종이 쓰레기 함에, 히루는 비닐 쓰레기 함에, 하루는 플라스틱 쓰레기 함에 버려져 있으면 십중팔구 둘째 아들의 결과물이다.
  내 말도 귀담아듣지 않아서 매번 가르쳐 주어도 영혼 없이 "어." 대답하고 자기 할 일을 하러 쓰레기통 주변을 황급히 떠난다.

  매번 엄마에게 물어보고 확인받아야 하는 막내아들도, 자기 마음대로 쓰레기를 버리는 둘째 아들도 마음이 편치는 않겠다 싶었다. 이러나저러나 엄마가 야단을 치면 어쩌나, 라는 걱정도 들 것이고 쓰레기 분리수거 하나 제대로 못 하는 자기 자신에 대해 실망스러울 수도 있을 것 같다.
  갑자기 내가 무한대로 착한 엄마가 되어 버린 기분이다. 왜냐하면, 조금 전에 〈아들을 잘 키운다는 것〉 책을 읽었기 때문이다. 그래서 효과가 떨어지기 전에 얼른 글을 쓰고 있다.

  나 역시, 엄마의 잔소리를 들으며 성장했다. 어렸을 당시에는 죽어라 되지 않던 시옷 쓰기를 지금은 엄청나게 잘 쓴다. 엄마는 내가 시옷 쓰기를 제대로 못 한다고 나를 장롱에 집어넣으며 겁을 주기도 했다. 언젠가는 엄마에게 시옷 쓰기 한 내 글자를 한 번 보여드려야겠다.

　우리 아이들 역시, 때가 되면 내가 가르쳐 주지 않아도 종이의 특성과 비닐의 특성을 구분하여 쓰레기 분리수거를 잘하게 될 것이다. 3 더하기 8이 왜 11인지 잘 모르는 막내아들 역시, 산수의 원리를 알고 사칙연산을 잘하게 될 것이다. 흥부와 놀부 이야기에서 자신이 흥부라면 제비에게 해 주고 싶은 이야기가 무엇인지 생각하기 싫어하는 둘째 아들 역시, 공감 능력과 상상력이 발달하여 자기 생각을 잘 표현하게 될 것이다.

　때가 되면 말이다.

02

가방

'

가하다, 불가하다, 논하기 전에
방방 뛸 수 있는 행복을 먼저 메어 볼까요?

,

이제는 남의 시선 의식하지 않고

하굣길에서 만나는 아들들의 가방을

아무렇지 않게 들어줍니다.

"가방은 아이 스스로 들 수 있도록 지도해 주세요."

장남인 이루가 어린이집에 다니고 있을 때, 학부모 교육 설명회에서 들었던 말이다. 그리고 부모교육 책을 읽다 보면 아이의 자립심을 길러주기 위해 아이가 할 수 있는 일은 스스로 하도록 두어야 한다는 말과 함께 가끔 등장하는 글귀이다.

워킹맘으로 살고 있던 몇 해 전, 아들들에게 마음을 쏟을 여력이 없이 피곤함에 잠겨 살고 있던 몇 해 전, 쉬는 날에는 늘 감기에 걸려있는 막내아들을 병원에 데리고 가는 게 일상이었던 몇 해 전, 이루의 어린이집 가방은 나를 괴롭게 하는 물건이었다.

왜냐하면, 나는 이루의 가방을 들어주고 싶었기 때문이다. 엄마인 나는, 아들들을 기쁘게 해 줄 수 있는 놀이의 기술이나 마음의 여유가 전혀 없었다. 요리하는 것도 싫어했고 잘할 줄도 몰랐다. 공부를 확실히 가르쳐줄 수 있는 돈도 없었다. 가정교사나 도우미를 고용한다는 것은 엄두도 못 냈다. 그래서 엄마로서 느끼는 무기력함과 죄책감을, 하원하는 이루의 가방을 들어주는 것으로 조금이나마 만회하고 싶었다. 그런데 교육기관에서는, 부모교육 책에서는, 부모교육 강사들은 아이들의 자립심을 위해 아이들이 할 수 있는 일들은 스스로 할 수 있도록 내버려 두라고 했다.

그래, 자립심 좋아. 좋다고요! 전문가인 당신들의 말을 반대하는 건 아니에요. 그런데, 가끔은 우리 아이들을 아기처럼 대해줘도 되지 않나요? 연인들도 혀 짧은소리를 내며 아기 흉내를 내며 서로의 사랑을 확인하듯이, 우리 엄마가 나에게 쌈을 싸서 입 안으로 밀어 넣어 주듯이 말이에요.

아들 가방 몇 번 들어준다고 자립심이 갑자기 사라져 버리진 않겠지요. 아들 가방 몇 번 들어준다고 부족한 엄마의 마음이 보람으로 가득 채워지진 않겠지요. 어떤 모양으로도 큰 기대를 할 수는 없겠지요. 그래서 한 번 쯤은, 아들의 가방을 들어주고 싶어 하는 엄마의 마음 편에 서서 교육을 해주셔도 좋을 것 같아요.

옳은 것도 좋고, 진심도 좋은 것이니까요.

삼복더위에 삼 남매의 가방을 엄마 혼자 메고 가던 가족의 뒷모습 사진을 인터넷에서 보았어요. 그 사진을 보았을 때 느꼈던 짠한 마음으로 오늘 글을 마무리합니다.

빗물

'

빗나간 나의 기대를
물끄러미 흘려보내다.

,

흘러 가는 대로, 믿음대로, 이 모습 이대로
사랑해 주려고요.

．
．
．
．
．
．

지금 나는 교회에서 중고등부 교사를 하고 있다. 그래서 아이들 여름 방학 때, 수련회를 함께 다녀왔다. 수련회 한 달 전부터 선생님들은 밤마다 교회에 모여 기도로 준비했다.

수련회를 다녀오고 나면, 아이들의 부모님과 교회 성도님들의 마음이 읽힌다. 내 자식이 얼마나 변화하고 성장해서 왔을까, 하는 부모님의 기대와 함께 며칠 다녀왔다고 변하면 얼마나 변하겠어, 하는 어른들의 걱정이 말이다.

기대와 걱정 모두 틀렸다고 할 수 없다. 내 자식이 잘되었으면 하고 바라는 마음은 부모님과 비교할 존재가 없기에 며칠 안에 우리 아이가 조금이라도 변하기를 바라는 그 기대를 손가락질 해서는 안 된다. 그리고 현실적으로 사람이 며칠 만에 눈에 띄는 변화를 보인다는 것은 힘든 일이기 때문에, 처음부터 기대를 내려놓고 있는 어른들의 시선도 이해한다.

부모님들은 수련회를 다녀오기 전과 후의 모습이 그대로인 자식의 모습에 기대한 만큼 실망하게 되고, 다른 어른들은 당연하게 생각하게 된다.

　나는, 기대와 걱정 그 어느 편에도 서지 않는다.

　나는, 믿음의 편에 서 있다.

　성격이 급한 나는, 어떨 때는 물을 틀어 놓고 설거지를 한다. 씻기와 헹굼을 동시에 하고 싶어서이다. 이런 나에게 30분 동안 설거지를 하고 있으라고 한다면 답답하고 짜증이 많이 날 것 같다. 나의 습관 하나를 고치기 위해서는 수십, 수백 번의 생각을 달리하면서 수십, 수백 번의 행동 또한 달리해 보아야 한다.

　습관은 교육과 닮았다. 그것이 우리 아이들이 변화되기를 바라는 것을 로또 당첨이나, 간절히 바랐던 마음에 대한 보상심리로 생각하면 안 되는 이유이다. 우리 아이들의 미래는 바다이고, 수련회를 한 번 다녀온 것은 빗물 한 방울이다. 이제 빗물 한 방울 맞고 온 아이들에게 왜 너희들은 바다가 되어 돌아오지 않았느냐고, 내가 너희들을 위해 얼마나 노심초사하며 기다리고 있었는지 아느냐며 질책한다면 아이들에게 너무 가혹한 일이 되지 않겠는가. 단 한 번에 잘 되는 대박 행운을 바란다는 것은 놀부 심보 아니겠는가. 아이들에 대해 너무 기대하는 것, 너무 단념하는 것 모든 게 말이다.

아이들은 어른들의 믿음만큼 성장한다고 한다. 나는, 이 말을 참 좋아한다. 시간이 엄청나게 오래 걸리는 일이긴 하지만 믿어주기만 하면 된다는데, 얼마나 고맙고 기쁜 말인가 싶다.

내 아이들을 바다라 믿으며, 오늘도 빗물 한 방울 채우는 엄마의 마음으로 살아가려 한다. 우리 어른들이 그러했으면 한다. 그게 속 편하기도 하다.

고민

'

고운 마음이라고 당당하게 말하지 못해
민들레 홀씨의 흩날림만 괜스레 바라본다.

,

장난감, 진짜 너무 비쌉니다.

당근 전법이란, 기브 앤드 테이크 정신으로 아이
가 방 청소를 하고 나면 마이쮸를 하나 준다거나
숙제를 다 하고 나면 게임을 시켜 준다거나 하는,
우쭈쭈 느낌을 주는 보상의 기술이다. 이러한 당근 전
법은 특히 남자아이들에게 효과가 있다고 해서 나 역시 칭찬 스
티커를 100장 모으면 장난감을 사 주기로 큰아들 이루와 약속을
했다. 신발 정리를 잘하면 스티커 한 장, 동생들과 싸우지 않는
날에는 스티커 두 장, 성경 구절을 외우면 스티커 세 장 이런 식
으로 말이다.

그런데 보상을 약속하고 조건을 내미는 이러한 방식은 양날의
검처럼 부모 교육, 자녀 양육, 교육 전문가 사이에서도 찬반 의
견이 극명하게 갈리고 있는 방식이다. 조건부 행동을 유도하는
것은 더욱더 큰 보상을 바라게 되고 엄마의 사랑을 알 수 없다는

반대 의견이 있고, 보상은 긍정적인 격려를 해주면서 아이에게 동기부여와 의욕을 불어넣어줄 수 있다는 찬성 의견이 있다.

사실 처음에는 칭찬 스티커 100장을 모으려면 시간이 꽤 걸릴 거라는 생각으로, 100장을 과연 모을 수 있을까 하는 생각으로, 아이들을 다루기에 내가 좀 편해질 목적으로 당근 전법의 장점에 편을 들어주며 시작하게 되었다. 그런데 웬걸, 이루는 칭찬 스티커 100장 모으는 미션을 성공하고야 말았다.

뿌듯하기도 하고 부담스럽기도 했다. 장난감 가격이 못해도 4~5만 원은 할 텐데, 괜한 약속을 했다 싶었다. 장난감을 사 주마, 사 주마, 사 주마, 차일피일 미루다가 몇 년이 지났다. 그동안 이루가 모았던 칭찬 스티커 100장은 아빠 책상 위에서 뽀얀 먼지를 먹고 있었다. 아빠 방을 왔다 갔다 하면서 자신이 모은 칭찬 스티커를 이루는 몇 번이나 보았을 텐데, 신기하게도 감사하게도 그동안 장난감을 왜 안 사주냐고 단 한 번도 묻지를 않았다. 이루의 기억력이 제로인 건지, 엄마의 양심을 테스트하는 건지, 몇 년 사이에 장난감이 필요 없어진 것인지 모르겠다. 무엇이 진실인지 물어보지 못할 일이다. 이루에게 물어보는 날에는 장난감을 사 주어야 하니까.

당근 전법을 사용할 때는 부정적인 결과로 이어지는 교환 조건은 하지 말아야 한다는("엄마 심부름을 안 하면 친구 집에 놀러 갈 생각 마."), 효과가 없어졌다고 더 큰 보상을 주면 안 된다는(과자로 보상해주는 것을 아이가 시시하게 생각해서 장난감으로 보상해 주겠다며 사이즈가 커지는 것) 주의점을 알게 되더라도 나의 자녀 양육 방식의 최고봉 목적은 내가 편해지고자 하는 데 있었다.

칭찬 스티커를 통해 이루가 좋은 습관을 지닐 수 있기를 바랄 수는 없었던 것일까.

엄마에게 칭찬 스티커를 받을 때마다 행복해하는 아들 모습에서 보람을 찾을 수는 없었던 것일까.

아들을 칭찬해주는 눈빛과 손짓을 통해 엄마의 사랑을 전해주고자 하는 마음을 가질 수는 없었던 것일까.

몇 년 동안 고민 중이다. 아들에게 양심 고백을 할까, 그냥 넘어갈까, 몇 년이 더 흐르고 장난감이 진짜 필요 없어질 때 즈음에 이야기를 꺼내 볼까, 여러 가지 생각이 든다. 참 치사한 엄마인 것 같다.

05

작가

'

작심삼일도 10번 하면 한 달이 된다
가느다란 나의 작심을 노트북과 연필에 바친다.

,

내 아들도 작가가 되겠다고 한다면, 먹고 살
만큼 돈을 벌 수 있는 베스트셀러 작가가 꼭
되어야 한다고 잔소리할 테다.

분노조절장애와 소아 우울증으로 모든 감정을
짜증과 분노로 표현하며, 동생 꼬집기를 즐기던
둘째 아들이 한 시간 넘게 의자에 앉아서… 의자
에 앉아서… 의자에 앉아서…. 노트북으로 글을
쓰고 있었다.

　'우주에서 일어난 일'이라는 제목이었다. 나에게 절대로 읽어
보지 말라고 신신당부했지만, 그 말은 자기 몰래 꼭 읽어보라는
말로 해석되어 들려왔다. 게임을 하는 아들 몰래 빠른 속도로 글
을 읽어 보았다.

　김석주 박사가 자신의 꿈을 이루어, 우주로 가서 친구와 함께
공기 공장을 만들고 아파트를 만들고 동물을 데려와 키우고 있
었다. 친구와 함께 만찬을 즐기며 숙소로 돌아가는 이야기까지
써 놓았다. 밑도 끝도 없고, 개연성도 없고, 받침 글자도 죄다 틀
려 있었는데, 나는 울컥했다.

글을 쓰고 있는 지금도 눈물이 핑 돌고 있다.

앞으로도 아들들에게 글 쓰고 있는 엄마의 모습을 자주 보여 주어야겠다.

잘 살아야겠다.

06

기준

'

기가 막히다 싶다가도
준비된 마음으로 다시금 스탠드 업!

,

아들아, 젓가락과 안경닭이가 전해달래.
"고마워, 친구."

큰아들 이루는 강박관념이 있다. 식사 시간에 젓가락으로 반찬을 집어 먹고 나면 젓가락 세트의 길이를 맞추어 식탁에 내려놓는다. 그것을 반찬을 먹고 날 때마다 계속 반복한다. 나는 씩 웃으며 이루가 예쁘게 맞추어 놓은 젓가락 세트를 한 번씩 흩뜨려 놓는다. 그러면 이루 역시 씩 웃으며 다시 젓가락 세트를 반듯하게 맞추어 놓는다.

안경을 닦고 난 후 안경 닦이는 어김없이 각이 맞추어져 있고, 책상 모서리와 또 각을 맞추어 가지런히 둔다. 어쩌다가 한 번, 내가 이루의 안경 닦이를 사용하고 나름대로 예쁘게 접어서 놓는다고 놓아도 이루는 다시 펴서 각의 정석을 보여주는 정리법으로 또 반듯하게 접어놓는다.

옷을 입을 때에도 꼭 순서가 있다. 윗옷, 바지, 양말 순서대로 입고 신어야 한다. 양말을 먼저 신는 것은 이루 자신에게 용납되지 않는 행동이다.

'강박관념'이란 말은 좋은 느낌을 주는 단어는 아니다. 그 무엇인가에 억눌린 생각을 결벽이나 반복되는 행동, 지나친 틀에 갇힌 행동을 통해 보여주는 것이기 때문이다. 그래서 처음에는 이루의 이러한 행동들을 고쳐주어야 할까, 살짝 고민하기도 했었다. 이내 마음을 고쳐먹었지만.

나는, 아이들의 행동을 수정해 주어야 하는 경우 중 하나의 이유로 타인에게 피해를 주느냐 주지 않느냐를 기준으로 삼고 있다. 젓가락 세트의 길이를 맞추어야 마음이 편한 것, 안경닦이를 아주 반듯하게 접어야 하는 행동, 옷을 입는 순서를 꼭 지켜야 하는 것은 다른 사람에게 피해를 주는 행동이 아니다. 그냥 이루의 타고난 기질로 봐 주어도 무방하다고 생각했다.

나에게 있어서 큰 강박관념은 아이들이 싸우는 소리에 민감하게 반응한다는 것이다. 어렸을 적에 부모님의 크고 잦은 싸움 속에서 자란 터라, 싸우는 소리가 들리면 가슴이 콩닥거리고 몸과 마음이 긴장 모드로 돌입한다. 그래서 아이들의 싸움을 무조건 무마시키기 위해 똑같은 상황에서도 어떤 때는 이렇게 해라, 어떤 때는 저렇게 해라 식으로 일관성 없는 엄마의 모습을 보인다. 나는 오로지 싸움을 말리는 것에 목적이 있기 때문에 그렇다.

끊임없는 글쓰기, 끊임없는 성찰을 통해 나의 상처를 직면하게 되었고 아이들의 싸움을 무조건 반대하거나 일관성 없는 양육방식을 보이는 것은 고쳐야 할 부분이기에 지금도 무던히 노력 중이다. 사람과 사람이 부대끼며 사는데 어떻게 싸움을 안 할 수가 있겠는가. 다만, 자기 생각과 분노를 표현하는 방식을 정정당당하게 해야 하고 나는 엄마로서 상황을 객관적으로 보는 여유를 길러서 아이들에게 억울함을 주어서는 안 되겠다는 생각을 많이 하고 있다.

그리스 신화에는 '프로크루스테스'라는 악당 이야기가 나온다. 이 악당은 지나가는 나그네를 자신의 집으로 초대해서는 자신의 침대에 눕혀 침대보다 키가 큰 사람은 다리를 잘라 죽이고, 침대보다 키가 작은 사람은 다리를 늘려 죽인다. 그런데, 프로크루스테스의 침대에는 길이를 조절하는 장치가 있어서 그 어떠한 사람도 침대에 자신의 키가 맞을 수 없다.

미국의 신경 정신과 전문의인 진 시노다 볼린은 프로크루스테스의 침대 이야기를 부모와 자식 관계에 대입하여 이야기했다. 부모가 "너는 이렇게 되어야 해."라는 오로지 부모만을 위한 기준으로 자식을 맞추려 할 때 아이는 자신이 타고난 기질을 잃게 되는 것이다. 그래서 사람들이 보기에는 반듯하게 잘 자란 것처럼 보이지만, 결국 아이 자신의 정체성은 빛을 잃고 말게 된다.

엄마의 기준과 엄마의 상처에만 사로잡혀, 엄마 마음 하나 편해지자고 아이들을 엄마 마음대로 키우게 된다면 프로크루스테스와 다를 게 뭐가 있는가 싶다. 매번 젓가락 세트를 길이에 맞추어 대는 모습이 보기 싫다는 이유만으로, 형제들끼리 싸우는 모습이 보기 싫다는 이유만으로 너희들의 행동을 고치라고 야단친다면 아이들은 엄마가 무슨 말씀을 하는지는 전혀 기억하지 못하고, 오로지 짜증 내고 소리치던 엄마의 표정만 기억에 저장하게 될 것이다.

침대의 길이를 조절하고자 하는 장치를 단 한 번의 결심과 각오로 부숴버릴 수는 없다. 어쩌면, 침대까지 없애버려야 할 수도 있다. 침대를 설계하기 위해 밤을 새웠던 아까운 시간, 또 침대 길이 조절 장치를 옵션으로 달기 위해 머리를 굴리며 뿌듯해했던 보람과 성취감을 한 발짝 물러서서 바라볼 수 있어야 한다. 모두 다 아이를 위해서 그랬다고 했던 나의 노력은 과연 타당하였는지 다시금 생각해볼 수 있는 가슴앓이가 필요한 것이다.

때로는 노력을 쌓는 것보다 노력을 무너뜨리고 새롭게 출발하는 것이, 고통과 아픔이라는 단어를 겸허히 받아들일 수 있어야만 하는 것이 아이와 엄마 모두 진정으로 행복해질 수 있는 길임을 이야기하고 싶다.

07

참고

'

참으로 맞는다고 말할 수 있는 것이 이 세상에 얼마나 되려나
고민과 성찰이 나의 몫이 되어야 하는 이유이다.

,

진심이 통하지 않는 칭찬이 있다는 것에
조금 놀랐다.
이것 또한 받아들이며, 그래도 나는 진심을
좋아하련다.

남자아이들은 눈에 보이는 결과에 대해서만 칭
찬을 해 줄 경우, 스스로 목표를 정해놓고는 그것
을 이루지 못할까 봐 초조해하고 불안해할 수도
있다는 글을 읽게 되었다. 시험 성적이 잘 나와서 엄마가
폭풍 칭찬을 해 주면 아들은 앞으로 더욱더 시험을 잘 보기 위해
폭풍 노력을 한다는 뜻이다.

"이야, 우리 소서. 받아쓰기 90점 받아왔네. 저번에는 70점이
었는데. 잘했어."

"다른 친구는 100점 맞았어."

"괜찮아. 90점도 잘한 거야. 욕심나면 다음에는 100점에도 도
전해 봐."

　나는, 공부 영역만큼은 착한 엄마이다. 자신이 공부를 하고 싶
어 하거나 공부 머리가 있으면 시켜줄 것이고, 공부보다 더 잘하

고 더 좋아하는 일이 있으면 그것을 발달시켜주고 싶은 마음이다. 되지도 않는 공부만 붙들고 있으니 자신의 장점을 빨리 찾아서 사회생활을 다른 친구들보다 먼저 배우게 되는 것도 나쁘지 않다는 생각을 하고 있다. 억지로 시킨다고 되는 게 공부가 아니다. 결국, 부모와 아이 모두 스트레스받고 서로 불행해지고 돈은 돈대로 깨지고 그런 거 아니겠는가. (우리 부모님도 나에게 공부를 강요하신 적이 한 번도 없었다. 좋은 것을 물려받은 듯하다. 그렇다고 내가 공부를 잘한 것도 아니지만. 결론은, 공부든 뭐든 하고 싶은 사람은 하게 되어 있다는 것.)

그래서 둘째 아들 소서가 받아쓰기를 90점 받아와도 엄마로서 칭찬을 해 주는 것이지, 그게 그렇게 기쁘지가 않다. 어떤 날은 20점을 받아올 때도 있는데, 그게 또 그렇게 화가 나지 않는다. 예습을 안 해 갔으니 당연한 거고, 덜렁대는 성격이니 당연한 거다. 그렇다고 언제까지나 한글을 잘 몰라서 고생하게 될 것도 아니고, 때 되면 다 알게 되는 한글 아닌가.

나의 이러한 생각에 대한 부작용인지,

"엄마, 나 오늘은 받아쓰기 40점 받았어. 잘했지?"라고 당당하게 말하는 소서에게

"소서야, 40점은 잘했다고 볼 수 없어." 대답했더니

"저번에는 20점 받았었는데? 2개나 더 맞혔으니 잘한 거지."
나름대로 논리 있게 자기 생각을 말하더라.

눈에 보이는 결과에 폭풍 칭찬해주는 엄마를 보며 아들은 노심초사와 폭풍 노력을 보일 수도 있다는 글이 무색해졌다.

그래서 눈에 보이는 결과를 칭찬해주기보다는, 행동 하나하나에 의미를 두고 칭찬을 해 보라는 글을 읽고서는 또 그렇게 해 보았다.

"공부하고 와서 힘들 텐데 엄마 심부름을 해줘서 고마워.", "엄마 아들로 태어나 줘서 고마워." 이런 내용의 칭찬 말이다.

일요일이었던 어느 날, 진심을 담아 아들들에게 이야기했다.

"우리 아들들, 엄마 아빠가 교회 일로 바빠서 같이 못 있어 주는데도 싸우지 않고 너희들끼리 잘 지내줘서 정말 고마워."

내가 생각해도 참 멋진 칭찬이었던 것 같다. 그리고 아들들의 반응을 크게 기대하지도 않았다. 그냥 "네, 엄마." 정도의 대답만 해 준다면 금상첨화겠다 싶었다.

그런데, "그러면 뭐 사 줄 거야?"라고 이내 보상을 바라는 아이들. 멋없는 자식들.

그 어떤 부모교육 책도, 그 어떤 부모교육 강의도, 그 어떤 부모교육 전문가의 말도 절대 신뢰를 하는 건 위험하다고 본다. 다만 참고만 할 뿐이다.

남자아이라고 해서 이렇게 키우고 여자아이라고 해서 저렇게 키우고 3살이니까 그렇게 키우고 7살이니까 요렇게 키우고, 딱 맞는 교육방식은 없다. 우리 아이들 또한 사람이기 때문에 그렇다. 사람을 정형화시켜서 어떤 틀에 맞추어 대한다는 것은 인격체에 대한 예의가 아니어서 그렇다.

너는 38세 대한민국 여자이니까 지금쯤이면 아이들을 잘 키우고 있거나, 사회에서 과장급 정도로 일을 하고 있어야 하며, 부모님께는 매달 용돈을 50만 원씩 주고 있어야 잘 살고 있는 것이다, 라고 누가 말한다면 나는 가만히 있지 않겠다.

그러니 우리 아이들을 조금만 더 제삼자의 눈으로, 사람으로서 대하려고 노력한다면 육아 전쟁에 휴전기가 찾아오지 않을까 싶다.

08

중심

'

중후하게 감은 두 눈 속에서
심할 정도로 묻고 물어 캐내어 내다.

,

엄마 마음 알아 달라 하지 않을 테니,

올바르게 잘 자라다오.

. . . .

"쾅!"

남편 차를 타고 둘째 아들 소서와 함께 서점에 가서 메이플 스토리 62권 만화책을 사기로 했는데, 서점 문이 닫혀 있었다. 기대에 부풀어 있던 소서는 이내 울상이 되더니 눈물을 보이며 차문을 세차게 닫고는 휑하니 집으로 들어가 버렸다.

소서는 거실에 쭈그리고 앉아 계속 울고 있었다. 나의 이성적인 판단과 함께 감정이 섞이지 않은 훈계의 말이 필요한 시점이었다. 정말 감사하게도,

"서점 문이 닫혀있는 걸 어떡하라는 거야? 문을 부수고 들어갈까? 도둑질이라도 해서 책을 가져다 달라는 뜻이야? 왜 울고 그래? 엄마 잘못도 아닌데."라는 극단적인 말로 소서의 감정을 뭉개면서 승리를 만끽하는 짓은 하지 않았다.

"책을 사고 싶었는데 서점 문이 닫혀 있어서 속상한 거구나." 멋진 공감의 말은 아직 낯간지러워서 못했지만,

"책을 사 주고 싶었는데 서점 문이 닫혀 있었네. 내일 오전 일찍 다시 서점에 가 보자."라고 이야기했다. 어라? 그런데 내가 생각한 시나리오와 다르게, 소서는 이내 울음을 멈추고는 고개를 끄덕거렸다. 솔직히, 좀 놀랐다. 발을 동동 구르며 "지금 사고 싶어! 지금 책 사고 싶다고! 다른 서점 가 보자." 이렇게 말해야 하는 소서였다. 물론, 처음부터 짜증을 내지 않고 울음을 보이지 않았더라면 아주 완벽한 상황이었겠지만 지금까지 소서가 보였던 행동이나 타고난 기질을 고려해 보았을 때 어림도 없는 기대였다.

나는 발견하였다. 소서의 변화와 성장을.

짜증과 분노가 누그러지기까지의 시간이 줄어들었다. 좋지 않은 자신의 기분에 빠져만 있지 않고, 상황 판단을 하여 엄마의 제안을 받아들이게 되었다. 초등학교 3학년 정도 수준이라면 당연한 결과라고, 오히려 늦은 성장이 아니냐고 말하고 싶지 않다. 그동안 엄마로서 아이들을 귀찮게 여기며 지내 온 나의 잘못이 소서의 다혈질 기질과 만나, 몇 년 동안 방치됐던 생활 습관이라는 게 있어서이다.

지금은 원인을 분석하는 것에 시간을 투자할 시점이 아니었다. 소서의 미래가 어그러지기 전에, 마음에 거미줄이 쳐져 있는 상태가 되기 전에 바로 잡는 것이 중요했다.

무슨 운명의 장난인지는 모르겠지만, 여기까지 글을 쓰고 있었는데 소서가 약속한 문제집 3장을 다 풀었다고 가져왔다. 그런데, 3장 중 절반에 별표를 해 놓고 모르는 문제라며 풀지 않았다. 예전에 읽었던 지문들을 다시 읽어보면 풀 수 있는 문제들인데 문제집 푸는 약속을 빨리 끝내고 게임을 하고 싶어 하는 마음이 여실히 보이는 행동이었다.

별표를 해 놓은 쪽수를 다시 풀든지, 다른 문제집을 풀든지 선택하라고 했더니 문제집도 안 풀고 게임도 안 한다며 발을 쿵쾅거리며 거실로 나갔다. 잠시 생각을 했다. 소서 말대로 문제집도 풀지 않고 게임도 하지 않는 것으로 하고 그대로 둘까? 아니었다. 방학이 시작되는 날 우리가 모두 서로 의논하여 생활 계획표를 만든 것이기 때문에, 자기가 하기 싫다고 안 하면서 보상의 형태처럼 타협하는 건 아니라고 결론을 지었다.

목소리에 힘을 주어 "김소서, 이리 와." 소서를 불렀다. 그리고 우리의 약속을 어기는 것, 감정에 치우친 선택은 허락해줄 수 없다고 했다. 소서는 반쯤 감긴 눈을 한 채 다시 문제집과 연필을 들고 나갔다. 나는 지금 이 글을 쓰고 있고, 소서는 조용히 문제집을 풀고 있는 분위기다.

나는, 내가 선택한 결과가 옳은지 그른지 아직도 잘 모르겠다. 다만, 소서가 감정에 침몰하여 모든 상황을 왜곡되게 보는 습관들을 고쳐주고 싶다는, 도와주고 싶다는 마음이다. 때로는 엄마의 진심마저 감정에 묻히게 되고, 오해를 사게 되더라도 나는 포기하지 않으려 한다. 책임감이 먼저인지, 사랑이 먼저인지, 누가 나에게 묻는다면 책임감 때문에 행동하게 되든 사랑 때문에 행동하게 되든 그것이 상대방에게 유익이 되는가가 중요한 것 아니겠냐고 대답하고 싶다. 책임감 속에 사랑이 포함되어 있을 수도 있고, 사랑 속에 책임감이 포함되어 있을 수도 있다. 그래서 마음의 중심이 중요한 것이다. 마음의 중심을 제대로 잡아가기 위해서 거쳐야 하는 과정은 멀고도 험하다. 힘들어했던 시간만큼 마음의 중심은 견고해질 수 있다. 평생 싸워서 이루어내야 하는 마음의 중심을 보석이라 말할 수 있는 이유이다.

09

놀이

'
놀랍기도 하고, 신기하기도 했다
이처럼 재미날 줄이야.
,

바람 빼고 고이 접어놓은 튜브에

내년의 행복을 예약해 놓는 바이다.

"엄마도 물놀이 할 거야?"
"어."
"우와!"

우리 가족은 1년에 2번 정도, 시댁 식구와 함께 펜션으로 놀러 간다. 이번 여름에도 형님의 후원으로 수영장이 있고 바닷가가 훤히 보이는 멋진 펜션으로 휴가를 떠나게 되었다. 바다를 보니 내 가슴이 '풍덩' 소리를 내는 것만 같았다. 그런데 나는, 바다에 몸을 담그는 것은 싫어한다. 내 몸에 물이 닿는 느낌이 어색하다. 그래서 휴가지로 계곡, 수영장을 선택해 본 적이 없다.

갈증을 해소하기 위해서는 물을 꿀꺽! 하고 삼켜야지, 입안에 머금고 있으면 안 된다. 아이들과 친해지기 위해서는 놀이 장소를 제공만 해주어서는 안 된다. 같이 뒹굴고 만지면서 놀이의 현장

115

속으로 뛰어들어야 한다. 내가 싫어하는 물놀이를 해야겠다고 결심하게 된 이유이다.

나는, 우리 아이들에게 좋은 엄마가 되고 싶었고 행복한 엄마가 되고 싶었다. 아이들이 신뢰할 수 있는 엄마, 놀아주는 엄마로서 노력하고 싶었다. 옷을 갈아입고 튜브를 들고 모자를 쓰고 물에 몸을 담그고 다시 씻어야 하는 번거로움 또한 내가 싫어하는 과정이었지만, 원하는 결과를 얻기 위해서는 대가가 따르는 법! 보란 듯이 아이들과 함께 수영장 안으로 들어갔다.

튜브 위에 반쯤 누워서는 물의 움직임에 맞추어 몸이 흘러가도록 나를 가만히 두었다. 한 번씩 손으로 물을 쓰다듬어 주기도 했다. 물이 내 몸에 닿는 느낌이 예전만큼 싫진 않았다. 기분이 좋다는 생각도 살짝 들었다. 내 마음이 넓어진 것이 분명했다.

아이들은 자기네들끼리 신이 나서 깔깔거렸지만, 엄마인 나를 찾지는 않았다. 하지만 문득문득 보내주는 미소를 보며, 자신들과 엄마가 같은 공간 안에 있는 것만으로도 행복해함을 느낄 수 있었다. 우리 아이들이 물을 더욱 좋아하게 된 이유를, 엄마와 함께한 추억으로 심어주는 순간이었다.

인디아나 존스, 쥐라기 월드, 맨 인 블랙 영화를 기획 또는 감독한 미국의 영화감독 스티븐 스필버그에게는 그에게 영감을 불어넣어 준 열정적인 아버지가 계셨다고 한다. 스필버그가 10살이 되던 어느 날, 그의 아버지는 스필버그를 차에 태우고 사막을 갔다. 그날은 하늘에서 유성우가 떨어지는 날이었다. 하늘에서 떨어지는 수많은 별똥별을 보며 스필버그는 무슨 생각을 했을까. 아마 스필버그에게는 평생 잊지 못할 한 장면으로 기억되어 스필버그 작품의 모티브가 되었지 않나 싶다.

아이들과 함께 둥둥 떠다녔던 수영장의 평수는 극히 작았다. 하지만 우리 아이들이 느끼게 되었을 행복의 평수는, 스티븐 스필버그가 10살 때 보았던 사막의 밤하늘만큼이나 컸으면 좋겠다. 엄마와 나누었던 웃음과 물의 흐름을 떠올리며 먼 훗날, 물로 즐길 수 있는 다양하고 기발한 놀이기구를 만드는 개발자가 되어 있거나, 물을 이용하여 사람들을 웃게 만들어 주는 개그맨이 되어 있거나, 세상에는 없는 물의 형태와 색깔을 발명하여 새로운 영역을 개척하는 과학자가 되어 있을 수도 있겠다.

그래서 우리 아이들이 부자가 되어 모든 영광을 엄마에게 돌린다는 인터뷰를 하게 된다면, 나 역시 2018년 여름에 도전하게 된 물놀이를 잊지 않을 것이다.

10

소질

'

소소한 행복이 얼마나 큰 선물인지
질퍽거리게 될 인생 가운데 발견하여 타인에게 주어라.

,

엄마가 쓴 글에 자기 이름이 있다고 좋아하
는 하명아, 우리 잘해보자!

"엄마, 서울 가야 하겠어."

막내아들 하명이의 말이다. 올해 초등학교 1학년이 된 하명이
는 곤충 흉내, 공룡 흉내, 사람 말투나 동작 흉내를 입이 떡! 벌
어질 정도로 잘 낸다. 엎드린 자세로 엉덩이를 들었다 났다 하며
덩실거리는 자세로 이것이 소금쟁이란다. 벽에 붙어서 손과 발
을 꼼지락거리며 벌레란다. 자기가 입고 있는 옷 색깔과 비슷한
농장으로 가서 차렷 자세를 취하더니 대벌레란다. 휴대폰으로
크래시 로얄 게임을 하는 아빠 흉내를 내는 거라며 왼쪽 손바닥
을 쳐다보며 오른손 집게손가락을 위아래로 흔들어댄다. 대상의
포인트를 잡아서 흉내 내는 하명이의 모습에 기가 막히고 신기
해서 박장대소하며 웃는다.

"이야, 하명아. 너 진짜 흉내 잘 낸다. 커서 개그맨 해라."

난 진심으로 하명이에게 말했다. 사람을 웃기는데 소질이 있
어 보였다.

"엄마, 개그맨 하려면 어떻게 해야 해?"

하명이도 싫지는 않은지 개그맨 입문 과정에 관해 물어보았다.

"일단 지금은 사람을 어떻게 웃겨줄 수 있을지 연구를 하고 연습을 하고 있어. 그리고 나중에 어른이 되면 서울 가서 개그맨 시험을 치고."

"시험 어려워?"

"엄마도 잘 모르겠는데 준비하고 있어 보자."

하명이는 사뭇 진지한 표정으로 개그맨이 되려면 어떻게 해야 하는지 생각하는 듯했다. 그리고 며칠 뒤, 나에게 서울을 가자고 말한 것이다. 지금이라도 개그맨 시험을 치를 기세였다.

옛날에는 개그맨이라고 하면, 가수와 함께 천대받는 직업이었다. 광대니, 딴따라니, 이런 표현을 써 가며 사람들의 웃음거리로 취급했던 거로 기억한다. 시대도 변했거니와 나는 개그맨을 직업으로 가진 분들을 대단하다고 생각한다. 생각한다. 트렌드를 분석하여 웃음의 키 포인트를 잡아내는 창의성과 기획력, 게다가 자신의 아이디어를 온몸을 사용하여 보여주는 표현력과 자신감! 온갖 능력을 두루 갖추고 있다. 내가 개그맨이라는 직업을 높이 사고 있어서 그런지, 나 또한 사람들을 웃기는 걸 좋아하고 무대 체질이라 그런지, 내 아들이 개그맨 기질을 보이는 것이 뿌듯하고 대견했다.

언젠가는 자신이 하고 싶은 일과 해야 하는 일 사이에서 고민해야 하는 시점을 맞이하게 되겠지만, 지금은 엄마로서 자신이 잘하는 일, 하고 싶은 일을 했으면 하는 바람이 크다.

영국의 미생물학자 알렉산더 플레밍은 페니실린을 발견한 과학자이다. 페니실린을 발견함으로써 폐렴, 파상풍, 복막염 등의 질병에서 많은 사람을 구할 수 있게 되었다. 그래서 1945년에 노벨생리의학상까지 받았다.

과학자 플레밍은 '노는 과학자'로도 유명했다고 한다. 사람들이 플레밍에게 무엇을 하고 있냐고 물어보면 플레밍은 "미생물을 가지고 놀고 있어요."라고 대답했다. 이쯤 되면 자기계발서에서 자주 등장하는 말이 떠오른다.

'천재는 노력하는 자를 이기지 못하고, 노력하는 자는 즐기는 자를 이기지 못한다.'

사랑하는 막내아들 우리 하명이도 즐기는 인생을 살게 되기를 바란다. 진짜 즐거워서 즐거운 인생이어도 좋고, 웃지 못할 상황에서도 큰 뜻과 의미를 발견하고자 노력하며 어려움을 극복할 수 있는 즐거운 인생을 쟁취하는 자가 되었으면 한다. 그러기 위해서는 멘탈이 강해야 하는데, 멘탈 강화방법으로는 대중들 앞에서 웃음을 선사해야 하는, 웃기지 못할 때는 질타를 받게 되는, 끊임없이 새로운 아이디어를 내야만 하는 개그맨이라는 직업이 참 좋은 것 같다.

지금도 개그맨이 되어 사람들 앞에서 동물 흉내, 곤충 흉내, 아빠 흉내를 내는 하명이를 상상하니 웃음이 나온다.

11

대견

'

대충 좀 넘어가 보는 것이 때로는
견문이 넓은 해결책이 될 수 있다.

,

아들 셋 키우고 있는 것도 대견한데, 손자 셋
키우며 더 대견해 보라고 하지 말아라.

. . . .

아들 셋은 밥을 먹으며 거의 비슷한 느낌의 대화를 주고받는다. 대화라기보다는 기 싸움과 비슷하다.

둘째 아들이 동생 하명이의 이름을 살짝 바꾸어 혼잣말처럼 중얼거린다.

"김똥명."

그럼 하명이는 또 둘째 아들 소서의 이름을 살짝 바꾸어 대응한다.

"김똥서."

이쯤 되면, 별명이 김 검사인 큰아들 이루가 또 등장한다.

"소서가 먼저 시비 걸었다."

그럼 소서가 대꾸한다.

"형아는 왜 참견인데?"

누가 먼저 시비를 거느냐의 차이만 있을 뿐, 세 명 중에 그 누구도 지지 않으려고 기를 쓰고 말대꾸를 주고받는다.

'남자아이들은 모이면 경쟁을 한다. 남자아이들 세계에서는 두세 명만 모여도 누가 대장인지를 가린다. 말장난이든 놀이든 상관없이 무조건 그 상황에서 이기려고 한다. 무엇이 사실인지 아닌지는 중요하지 않다. 단지 서로 간의 무리 속에서 이기고 싶은 것뿐이다.'

박혜원 작가님의 〈아들 대화법〉에 나오는 말이다.

예전에 나는,

"소서가 먼저 하명이 기분을 나쁘게 했네. 미안하다고 사과해."

"하명아, 형아가 놀린다고 같이 놀리면 안돼."

"이루 너는 가만히 있어. 왜 끼어들어?"

라고 과학수사대처럼 모든 상황을 관찰하고 점검해서 엄마라는 이름에 권위를 두어 아들 셋 모두에게 훈계했다.

'남자는 여자에게 듣는 부정적인 발언에 약하다. 논리적으로 되받아치지 못하면 화를 내거나 속으로 꽁하는 마음이 남는다. 특히 남자아이의 경우 동생을 앞에 두고 "네가 형이니까 참아."라고 말한다면 불만이 쌓여 비뚤어진다.'

후쿠다 다케시의 〈아이는 말투로 90%가 바뀐다〉 책에 나오는 말이다.

지금의 나는, 아들 셋의 기 싸움을 조용히 지켜본다. 최대한 말

125

을 하지 않으려고 작정하면서 말이다. 서로 때리고 꼬집는 상황까지 가게 되면 "그만." 짧게 툭! 던진다. 정말 희한하게도 서로 이겨 먹으려고 그렇게 티격태격하던 아이들이 게임을 하거나, 몸으로 노는 시간에는 그렇게 단합이 잘되는 모습을 보인다. 그래서 옷들이 헝클어지고 책상 위가 난장판이 되어도, 집이 떠나갈 듯이 소리를 지르고 땀을 뻘뻘 흘리면서 뛰어다녀도, 싸우지 않고 신나게 놀고 있으면 아들들을 말리지 않고 그대로 둔다.

  게임을 하는 시간에는 너무나도 소중한 평화의 분위기가 형성되어서, 솔직히 게임 시간을 1시간 더 주고 싶은 충동이 늘 생긴다. (그래도 게임 시간은 1시간이고, 알람을 맞추어 놓은 후 시계가 울리면 무조건 게임을 종료해야 하는 규칙을 정해놓았기 때문에 이것을 한 번 두 번 자꾸 봐주게 되면, 나중에 아이들을 다루는 것이 더 힘들어질 것 같아서 나의 충동을 누르고 있다.)

  엄마로서 노력하고 있는 나 스스로 대견함을 느끼게 되는 순간이다. 그리고 작은 바람 하나를 가져본다. 너희들도 나중에 아들 셋을 키우게 되면서 부모로서 가슴앓이해 보면 좋겠다는 소심한 복수 같은. 음, 갑자기 걱정이 된다. 나보고 애 좀 키워달라고 하면 어쩌지? 그래, 엄마는 글 쓰느라 바쁘니까 양육 문제는 너희들 부부끼리 알아서 하라고 해야겠다. 지금부터라도 너희들 자식은 너희들이 키우라고 세뇌를 단단히 시켜놓아야겠다.

12

둘리

> '
> 둘둘 말려졌던 불쌍한 나의 감정들아!
> 리코더가 들려주는 소리에 춤을 추며 이젠 다른 세계로 놀러 가자.
> 호이호이!
> ,

이제는 그림을 한 번 배워볼까 싶은데

남편 왈, "돈 없어."

　어느 누구나가 그렇겠지만, 나는 억울한 것을 싫어한다. 피곤해서 무표정으로 있는 건데, 옆에서 누가 왜 화가 났냐고 말을 하면 진짜로 갑자기 화가 치밀어 오르곤 했다. 직장 일을 할 때, 내가 하지 않은 잘못을 내가 했다고 말하는 상사를 대하면서 뒤통수를 한 대 후려치고 싶었다.

　나름대로 생각하고 행동한 건데 그것을 수정해야 한다는 식으로 말을 하면 짜증이 났다. 책을 여기저기 쌓아두고 글을 쓰거나 책을 읽는 것이 편한 나에게 남편이 정리 좀 하고 살라고 말하면 남편 책상 위에 있는 책들을 다 흩트려 버리고 싶어졌다. 남편이 좋아하는 시금치에 두부를 으깨어 반찬을 해 놓았는데 어머님이 시금치와 두부는 궁합이 안 맞는 거라 이야기하셨을 때, 반찬을 버려버리고 싶었다.

　'작은 일로도 굉장히 억울해했고, 남들이 뭐라고 하는 말은 자신을 공격하거나 비난하는 것으로 생각했다. 충동적이고 폭력적인 행동은 분명히 문제이다. 그런데 어쩌면, 폭력적인 행동은 자신의 마음을 지키기 위한 마지막 방편이었을 수도 있다.'

〈아들을 잘 키운다는 것〉 책에 나오는 이 글귀를 보고 보고 또 보았다. 책 제목과 내용은 아들을 잘 키우기 위한 것인데, 갑자기 나는 어렸을 적 내가 너무 불쌍해졌다. 부모님의 크고 잦은 싸움 속에서 불안하고 예민한 성격이 형성되었고, 나의 희로애락 감정들에 대해 표현하는 것이 힘들었다. 그냥 나 자신을 누르고 지내는 것이 오히려 더 편했던 것 같다. 늘 지쳐 보였던, 아빠에게 사랑을 받지 못했던 엄마가 나의 감정표현에 어떤 반응을 보이게 될지 몰랐다.

초등학교 입학 전 무렵이었던 걸로 기억한다. 아기공룡 둘리를 그리고 난 후 색칠을 했는데 내가 봐도 훌륭한 결과물이었다. 그래서 엄마에게 그림을 보여주며

"엄마, 이거 내가 한 건데 잘했지?"라고 자랑을 했다.

그 때 엄마가 보여주었던 반응이 지금도 잊히지 않는다. 나를 쳐다보지도 않고 짜증이 가득한 표정으로 말했다. ('말씀하셨다' 높임말로 표현하기 싫어서 그냥 '말했다'로 쓴다.)

"그래. 엄마 귀찮게 하지 말고 가서 놀아라."

이건 지금 글을 쓰면서 갑자기 든 생각인데, 내가 그림 그리는

걸 많이 싫어하는 이유가, 아이들이랑 놀아주는 게 힘든 이유가 아기공룡 둘리에게 있었던 것 같다. 거절에 대한 두려움. 이게 이유였다니, 가슴 한가운데가 찌릿찌릿하다.

큰아들 이루가 휴대폰으로 하고 있던 게임 마무리 시간을 알리는 타이머를 나 몰래 2분 더 늦게 맞추어 놓았다. 둘째 아들 소서가 일러주어 알게 되었다. 엄마의 배려에 대한 배신감, 엄마를 속인 것에 대한 분노를 느끼며 엄청나게 질타를 하고 싶었다. 그런데 참았다. 아기공룡 둘리를 생각하며.

이루를 혼내게 되면 고자질을 한 동생에게 이루는 또 다른 분노를 하게 될 것이고, 엄마의 육하원칙 잔소리를 들으면 엄마가 무슨 말을 했는지 전혀 기억은 나지 않는데 타이머가 울리는 소리에 대해 예민해지는 성격을 가지게 될 것 같았다.

"거짓말하면 혼나. 게임 시간 아예 없어질 수도 있어. 휴대폰 가져와." 이 말만 했는데도 후회가 된다. 그냥 휴대폰만 가져 오라고 할 걸, 싶었다. 30분 정도는 서로 아무 말 안 하는 게 좋을 것 같아서 그냥 가만히 있는 상태이다. 시간이 지나고 나서

"이루가 게임을 하는 게 재미있었구나. 더 하고 싶었지? 그래도 서로가 한 약속은 지켜줬으면 좋겠어."라고 조용한 음성으로 이야기해 주어야겠다. 이루에게 있어서 타이머 소리가 아기공룡 둘리가 되지 않기를 진심으로 바라는 마음이다.

(어색했지만 이루를 꼭 껴안고 공감의 언어를 표현했다. 이루도 나를 꼭 껴안아 주었다.)

13

공감

'

"공기야, 고마워."라고 했더니
감동하는 공기의 친구, 파아란 하늘

'

월월월월월월월.

알았어, 개야.

우리 집과 교회는 걸어서 5분 정도 소요되는 위치에 있어서 아이들과 쉽사리 오고 갈 수 있는 거리이다. 처음부터 끝까지 편안한 마음으로 갈 수 있으련만, 복병이 있다. 사람들이 지나가면 최선을 다해 짖어대는 꽃가게의 개 때문에 가게 근처만 가면 늘 긴장 상태가 된다.

　아이들과 나는 두 귀를 막고 전진한다. 어떨 때는 개보다 더 크게 울부짖는 소리를 내면서,

　"야! 조용히 해!"라고 개에게 협박한다. 하지만 개는 아랑곳하지 않고 짖어댄다.

　무서워서 개를 쳐다보지도 못하고 빠른 걸음으로 지나다니다가 하루는 개를 쳐다보게 되었다. 그런데, 그렇게 시끄럽게 짖어대는 것과는 어울리지 않는 행동을 하고 있었다. 꼬리를 신나게 흔들고 있는 것이었다. 그날만 그런가 했더니 우리가 지나갈 때마다 매번 꼬리를 세차게 흔들며 짖었다.

"애들아, 개가 꼬리를 흔든다는 건 반가워서 그러는 건데, 이 개가 그동안 우리가 반가워서 짖어댔나 봐."라고 아이들에게 이야기했다.

"그러게 엄마. 가게에서 밤에도 혼자 지내려니 얼마나 무서웠겠어? 이제는 야단치지 말아야겠다."

둘째 아들 소서가 대답했다. 큰아들과 막내아들은 아무 말이 없었지만, 엄마와 소서의 말에 공감하는 표정이었다.

그 뒤로도 우리는 꽃가게를 지날 때마다 두 귀를 막는다. 달라진 점이 있다면, 두 귀를 막고 걸어가다가도 개가 짖으면 한쪽 손을 귀에서 떼어 개에게 바이바이 손을 흔들어 주게 되었다는 것이다.

"개야, 혼자 있으니까 무섭지? 우리를 보니까 반가워서 짖는 거지? 안녕, 잘 있어."라는 다정다감한 말과 함께.

공감을 잘하는 아이들은 행복지수가 높고, 다른 사람들과 협력도 잘한다고 한다. 하지만 여자아이들보다 상대적으로 뇌량이 적은 남자아이들은 대뇌피질의 발달도 느려서 감각적 정보를 수용하는 능력이 떨어진다. 그래서 여자아이들은 공감 능력이 뛰어나고 남자아이들은 몰입하는 능력이 뛰어나다.

남자아이들이 선천적으로 타고나는 기질이 이렇다 하여 낮은 공감 능력을 보며 "남자아이들은 원래 그렇대."라고 말하는 것은 아니라고 생각한다. 어른인 부모가 조금 더 섬세하게, 조금 더 관찰하며 남자아이들의 공감 능력을 키워주기 위해 노력해야 하지 않겠나 싶다.

나 혼자 잘 살면 안 되기 때문이다. 설령, 나 혼자 잘살고 있다고 해서 잘 살아지는 세상이 아니기 때문이다. 사람으로 태어나 사람답게 살면서 사람들과 어울려 살아가면서 서로의 감정을 어루만져 주고 다독거려 줄 힘은 공감 능력에 있다.

모든 만물과 물건을 의인화하여 생명력을 불어넣어 주는 시인, 모든 사람의 마음을 읽으며 이야기를 만들어 내는 소설가, 나의 마음이 우리의 마음이 될 수 있도록 음률과 목소리로 표현하는 가수, 우리네 부모님들이 무더운 여름을 잘 이겨내면서 일하셨으면 하는 바람으로 에어컨을 고쳐주시는 수리 기사님, 주문하는 즐거움과 받는 즐거움을 알고 고객의 대문을 두드리는 택배 기사님, 사람들의 대화를 더욱 맛있게 해 주고 싶은 바리스타 등등 이 세상의 모든 직업에도 공감 능력을 대입해 본다면 행복을 발견할 수 있게 됨은 어려운 일이 아닌 것 같다.

비록 개 짖는 소리가 무서워서 귀를 틀어막게 되더라도 흔들리고 있는 개의 꼬리를 볼 수 있는 마음의 눈을 가지고, 나에게 공포심을 주는 대상이더라도 잘 지내라고 말해줄 수 있는 용기를 우리 아이들에게 선물해줄 수 있는 어른이 된다면 참 멋지지 않겠는가.

 내 아이도 행복하고 옆집 아이도 행복하고 뒷집 아이도 행복
할 수 있는 강력한 무기, 공감 능력의 위대함을 믿어보자.

14

전제

전과 후가 아름답기 위한
제대로 된 마음

윽! 악! 퍽! 쿡!

우리들의 짧은 상처가

히! 후! 호! 하!

우리들의 짧은 웃음이 될 수 있도록.

137

"사람이 살면서 어떻게 상처를 안 받고 상처를 안 줄 수가 있어? 다만, 그 상처를 최소화하려는 노력을 서로 해야 하는 거지. 부모와 자식 관계도 마찬가지라고 생각해. 부모라고 완벽하니? 자식이라고 완벽해?"

몇 해 전, 같은 교회에 다니던 고등학교 남학생이 자신의 엄마에 대해 불만이 있다며 나에게 고민을 털어놓았었다. 자신은 여자 친구를 사귀면서도 공부를 잘할 자신이 있는데 엄마는 무조건 이성 교제를 반대하고 있다고, 엄마가 싫기도 하고 이해도 되고 그렇단다. 자신의 부모에 대한 양가감정 때문에 자기가 너무 나쁜 사람인 것 같단다.

그 남학생이 하는 고민에 대해 나는 쿨하게 대답했다. 맨 위의 내용으로 내가 너무나도 당연하게 이야기하니 남학생은 충격을 받은 듯한 표정으로 나를 잠시 쳐다보았다.

"왜 그런 표정으로 나를 쳐다봐?"

"처음이에요."

"뭐가?"

"부모로서 자신이 실수할 수 있는 사람이라는 걸 인정하는 사람, 부모와 자식을 사람 대 사람으로 생각하는 사람이요."

내가 시대를 앞서 생각하는 멋진 엄마가 된 것 같아 으쓱해지기도 했지만, 씁쓸한 마음이 들기도 했다. 이 세상에 자기 자식을 소유물이 아닌 사람으로 대하고 있는 부모가 얼마나 될까, 라는 생각과 함께 말은 이렇게 하지만 나는 우리 아이들을 어떻게 대하고 있는 걸까, 라는 고민을 떠안게 되었다.

"도대체 누굴 닮아 그런 걸까?"

내가 지금까지 아이들을 키우면서 단 한 번도 하지 않은 말이다.

용돈 주는 날을 며칠 미루게 되면

"약속한 날짜가 지났으니 이자 쳐서 용돈 주는 게 맞지."라고 바짝 마른오징어처럼 멋없게 이야기하는 장남.

성경을 2장 읽고 나서는

"하명이는 성경 1장 읽으면서 왜 나는 2장 읽어야 해?"라고 집중력과 이해력이 따라오지 않는 동생에 대한 배려심을 보이지 않는 둘째.

자유로운 영혼이 되어

"하명아, 하명아, 하명아!"라고 아무리 불러도 대답을 하지 않는 싸가지 제로에 도전하는 막내.

누굴 닮긴, 부모를 닮아서 그렇지.

누워 있는 나를 굳이 불러서 "엄마, 물 좀 줘."라고 이야기하는 아들에게 "네가 갖다 마셔. 꼭 엄마를 부려 먹어야 해?"라고 딱 잘라 말하는 나.

벌레 들어가기 전에 문을 빨리 닫아야 하는데, 이제야 신발을 신는다고 신발장 앞에 앉은 아들을 보며 '팔자가 늘어졌네. 내가 콧구멍이 두 개니까 산다.'라고 생각하는 나.

동화책을 읽어달라는 아들의 청을 마지못해 들어주면서 "우르르 쾅쾅, 천둥이 무섭게 치고 있었어요…어휴, 모든 그림자가 괴물로 보였지요…어휴, 이 동화책 너무 길다. 짧은 거 없어?" 중간중간 한숨을 추임새로 넣어가며 분위기를 깨는 나.

나는 또 누굴 닮아 그런 걸까?

누굴 닮긴, 부모를 닮아서 그렇지.

서로 닮아있어서, 내가 싫어하는 나의 모습을 닮아있어서 상처를 많이 주고 많이 받게 되는 존재들이 가족이다. 불쌍하기도 하고, 받아들이기도 싫고 해서 마냥 짜증을 부리게 되는 존재들이 가족이다. 자식을 인정하고 부모를 인정해준다는 건, 나의 모난 부분을 인정해 준다는 것이다.

그래도 자식과 부모 중에 이해력을 더 발휘해야 하는 쪽은 부모가 아닐까 싶다. 살아온 세월에 대한 예의이고, 내 나이에 대한 자존심이다. 나의 삶을 다해 잘 키워야 하는 존재들이 자식들이다. 자식인 자신들을 잘 키우고자 했던 부모의 눈 흘김과 잔소리와 눈물과 회초리가 추억이 될 때 즈음, 이것 또한 부모의 사랑이었음을 알게 해 주어야 하지 않겠는가.

상처를 없앨 수는 없다. 하지만 최소화할 수는 있다. 사랑을 전제로 하려는 끊임없는 노력이 있다면 말이다.

제 3 장
마음

사과할까요
고백할까요

조금만 깊이 들여다보면 그림자 속에 숨어 있는 내 마음이 보인다.

너무나 귀하기에 진한 어두움에 숨어있을 수밖에 없는, 너무나 귀하기에

눈물과 욕이 있어야 하는, 너무나 귀하기에 어떻게든 찾아낼 수밖에 없는,

그것을 우리는 가치 또는 진심이라 부른다.

그것을 우리는 엄마라는 존재에게 가져간다.

낙타

1

'
낙화하는 모습마저 아름다울 수 있도록
타인과 함께하는 사막 여행 연습
'

너희들을 지키기 위한 사막이다.

그래서 견뎌낼 수 있는 사막이다.

"차렷 자세로 바로 서."

　막내가 지나가다가 모르고 둘째 형을 툭 쳤는데, 둘째는 막내가 자신을 일부러 때리고 갔다고 주장하고 막내는 소리를 빽빽 지르며 아니라고 했다. 큰아들은 막내 편을 들면서 둘째에게 "너는 맨날 그러더라." 핀잔을 주어 싸움판을 크게 벌였다.

　"맞아!"

　"아니야!"

　"맞는다니까!"

　"아니라고!"

　"우씨! 이게 정말!"

　"으악! 엄마! 형아가 나 꼬집었어."

　그래서 아들 셋 모두를 큰 방으로 소환했다. 일단, 위치에서부터 권위를 세워야겠다는 생각을 했다. 나는 아빠 다리로 앉아있고 아들들은 차렷 자세로 서 있게 하는 것이 좋을 듯했다. 내 머릿속은 바빴다. 아이들을 어떻게 해야 내가 하는 말을 기억하게 할 수 있을까?, 남자아이들은 본성상 엄마 말을 무시하게 되어 있다고 하던데, 하고 싶은 말 중에서 10분의 1만 하자, 1분 안에 모든 것을 끝내자, 감정은 최대한 자제하고, 스타트!

"서로 놀다가 싸울 수는 있어. 그런데 정정당당한 방법으로 자기 생각을 표현하는 게 중요하다고 했지? 하명이(막내)는 걸어다닐 때 조금 더 조심하고, 소서(둘째)는 동생이 실수로 행동한 것에 대해 좀 봐 주고, 이루(장남)는 동생들 싸움이 안전에 문제가 되지 않으면 그냥 가만히 있고. 형에게 따지고 동생을 때리는 건 금지된 우리 집의 약속이야. 알았어?"

큰 소리로 일장 연설하며 야단치는 것보다, 인자한 미소로 누구의 편을 들어주는 것보다, 양반다리로 앉아 목소리를 쫙 깔고서는 3~4문장 안에서 모든 아이를 중립적으로 훈계하는 방법이 더 효과적이었다. 긴장한 표정으로 고개를 끄덕거리는 아들들의 모습을 보며 마음속으로는 승리의 함성을 질렀다.

"고개 끄덕이지 말고 '네'라고 대답을 해."

"네."

깃발까지 꽂고 모든 사람에게 나의 승리를 알리는 유종의 미를 거두어들였다.

아들에게 있어서 부모는 친구이기보다는 권위가 있는 대장 부모가 되어야 한다고 한다. 힘의 욕구를 타고난 남자아이들은 어른이 권위를 가지고 어른다운 모습을 보여주지 않으면 자기가 힘을 내세우려고 한다. 일명, '낙타 짓'이라는 속성을 가지고 있다. 남자아이들은 시시때때로 자신의 영역을 넓히기 위해 기회를 엿본다. 머리를 먼저 뻗어보며 자신이 누울 자리를 찾는 낙타들과 같다.

사막여행을 하고 있던 어느 날, 낙타가 주인에게 "주인님, 오늘은 모래바람이 너무 심해요. 텐트 안으로 머리만 좀 들여놓고 자면 안 될까요?"라고 부탁을 했다. 주인은 낙타가 불쌍해 보여서 낙타의 부탁을 들어주었다. 동물은 밖에서 자야 한다는 규칙을 깨는 순간이었다. 그런데 낙타는 다음 날에는 어깨, 그다음 날에는 앞발, 또 그다음 날에는 뒷발을 텐트 안으로 넣게 해 달라고 눈물을 글썽이며 부탁했다. 낙타에게 조금씩 조금씩 자리를 양보해주던 주인은 텐트 밖으로 밀려나는 상황을 맞이하게 되었다.

조금만 양보해 주거나 빈틈이 보이면 주인이 거하는 텐트 안으로 머리를 들이밀고 마지막으로는 몸까지 들이밀어서 텐트를 다 차지한 후 주인은 밖으로 몰아내 버리는 낙타. 주인을 엄마로, 텐트를 보금자리나 우리 집의 규칙, 낙타를 우리 아이들이라고 생각하면 '낙타 짓'이 무엇을 말하고 있는지 알 것이다.

  사막을 거니는 여행자들에게는 텐트도 중요하고 낙타도 중요하다. 유일한 친구인 낙타에게만 꽂혀서 사리 분별 하지 못하고 좋은 게 좋은 거라며 모든 물질과 마음을 낙타에게 퍼붓는다면, 사나운 모래바람이 나쁜 거라며 무조건 낙타 편만 들면서 낙타를 약자 취급한다면, 여행자는 바람에 날아가는 텐트를 지켜내지 못할 것이다. 결국, 잠자리도 잃고 낙타도 잃고 도착지점도 잃게 되는 처참한 결과를 가져오게 된다.

  그래서 모래바람에 눈을 뜨기 힘들어하는 낙타에 대한 안쓰러운 마음은 조금 접어두려 한다. 냉정과 함께하는 열정이 우리 모두를 살게 하는 방법이니까. 아이들을 훈계하기 위해 잠시 양반다리를 하고 있었던, 30초 훈계를 위해 여러 번 머리를 굴렸던 나 역시 낙타들 못지않게 힘들었으니까.

2 대장

『

대수롭지 않게 여겼던 그들의 세계 속으로 들어가
장엄한 뜻을 알고 늠름하게 고개를 끄덕여 보다.

』

"나를 따르라!"라고 외쳤던 리더님들,
이제는 "우리 함께 가자!"라고 외쳐야 하는
시대가 왔어요.

'어? 소서가 웬일이지?'

선천적으로 다혈질 기질인 데다가 무리 속에서 리드하는 것을 좋아하는 둘째 소서가 형을 대장으로 모시면서 경찰 놀이를 하고 있었다.

"대장님, 이쪽은 위험합니다. 제가 지켜 드리겠습니다."

아주 정중한 말투와 행동으로 대장 역할인 형을 보필하고 있는 소서의 모습이 낯설고 흐뭇했다. 원래 각본대로라면 소서가,

"내가 대장 할 거야. 경찰 놀이 내가 먼저 하자고 했잖아!"라고 소리치면 큰아들 이루는,

"아니지. 내가 너보다 형이니까 대장을 해야지. 하기 싫으면 너 혼자 놀아. 나는 경찰 놀이 안 할 테니까."라고 깔끔한 논리로 소서를 화나게 만드는 것이 일상적인 흐름이었다.

그런데 대장 역할을 하는 이루도, 부하 역할을 하는 소서도 즐거운 표정으로 평화롭게 어울려 놀고 있었다.

'남자아이들에게 있어서 대장이란?' 타이틀이 달린 글을 읽게 되었다.

남자아이들의 대장 개념은 어른들이 생각하는 타인을 지배하거나 다스리는 존재가 아니라고 한다. 일반적으로 생각하는 우월감과는 다르다는 뜻이다. 남자아이들은 상대적인 개념에서 대장이 되고 싶은 것이 아니라, 자신이 생각하는 힘의 욕구가 충족되는 상황이나 역할이면 그것으로 만족한다는 것이다.

예를 들어보자.

박스로 만든 갑옷을 몸에 착용하고, 달력을 둘둘 말아 만든 창을 손에 들고 있는 동생 뒤로, 음료수 박스로 만든 방패를 든 형이 졸졸 따라가며 놀고 있다. 힘의 논리나 서열로 따지자면 형이 앞장서고 동생이 형을 뒤따라 오는 게 맞다. 그런데 지금 이 남자아이들은 자신들만의 생각으로 힘의 욕구를 충족하고 있는 장면이다. 동생은 자신이 앞장서서 길을 가며 형을 지켜주는 것이 만족스러운 상황이고, 형은 동생을 밀어주고 따라가며 나름대로 욕구가 채워지고 있다. 즉, 자기 자신의 즐거움을 추구하는 쪽으로 역할 분담이 이루어지고 힘의 욕구를 충족시키고 있다.

처음에는 남자아이들이 생각하고 있는 대장의 개념, 욕구 충족이 이해되지 않았다. 나는 알게 모르게 사회가 정의 내려놓은 리더십, 우월감이 정답이라고 여기고 있었던 모양이다. 그래서 늘 끊임없이 배우고 노력하는 부모가 되어야겠다는 다짐을 다시 한번 하게 된다. 또한, 아이들이 놀고 있을 때 칭찬도 훈계도 함부로 하면 안 되겠다는 생각도 하게 되었다.

동생을 따라가며 놀고 있는 형에게 "양보를 잘해 주고 있구나."라고 칭찬을 한다든지, 형을 앞장서서 놀고 있는 동생에게 "동생이니까 형 뒤로 가야지. 형을 이기려고 하면 안 돼."라고 훈계를 하게 된다면 아이들의 즐거움과 힘의 욕구를 빼앗아 오게 되는 것이니까 말이다. 그래놓고 나는 엄마로서 아이들에게 가르침을 주었다며 뿌듯해한다면 얼마나 모양새가 웃기겠는가.

엄마로서 아이들을 관찰하고 연구하고 반성하고 다짐하는 것은 반복되어야 한다. 우리 아이들의 진짜 행복을 위해.

3

답답

답이 없어도 그렇고
답이 있어도 그렇다.

쏟아진 물을 감지할 수 있는
멀티태스킹 걸레가 발명되기를 바라며.

"엄마, 물 쏟았어."

"그래서?"

"어떡해?"

"뭘 어떡해? 쏟았으면 닦아야지."

"뭐로 닦아?"

"……."

막내아들 하명이는 한 번씩 참 답답하게 행동한다. 물을 쏟았
으면 휴지나 걸레로 닦으면 된다. 이걸 하나하나, 일일이, 꼬치
꼬치, 순서대로 이야기해줘야 하는가? 너무나 천진난만하게 자
신의 실수를 이야기하고 어떻게 하면 되는지 물어보는 하명이의
눈빛을 보았다. 나를 놀리려고, 나를 시험해 보려고 그러는 건
아니었다.

이 아이를 이해해 보려는 엄마의 노력이 더 가치 있는 일일까,

그냥 내가 쏟아져 있는 물을 빨리 닦아내는 것이 나은 일일까, 하명이에게 걸레가 어디 있는지 가르쳐 주고 앞으로 물을 쏟게 되면 어떻게 하면 되는지 되물어보는 게 교육적인 방법일까, 쏟은 물 그거 하나 보면서 많은 생각이 들었다. 쏟은 물. 그게 뭐라고.

뇌량. 좌뇌와 우뇌를 연결해주는 뇌 신경 다발을 말한다. 인간의 좌우 대뇌 사이에 있는 뇌량은 좌우 뇌를 연결해주는 역할과 함께 감각, 운동, 언어, 공간 인식에도 중요한 기능을 하고 있다. 남자아이들의 뇌량은 여자아이들보다 25% 정도 더 작다. 그래서 여자아이들은 한 번에 두세 가지 일을 동시에 하는 멀티태스킹이 유리하다.

아들에게 "씻고 숙제하고 텔레비전 봐."라고 이야기하면 "네." 대답은 잘한다. 하지만 아들은 자신이 좋아하는 "텔레비전 봐." 이 말만 기억한다. 엄마가 "씻고 숙제했어?"라고 물으면 아들은 십중팔구 "엄마가 텔레비전 봐도 된다고 했잖아요?"라고 아주 순진하게 되물을 것이다. 남편에게 집안일을 부탁할 때에도 "여보, 설거지하고 빨래 널고 나서 콩나물 좀 사 와 주세요."라고 연속 3단계 행동을 해야 하는 소용없는 것과 같은 원리이다.

이 뇌량 때문에 남자아이들의 문제해결력 또한 떨어지는 편이라고 한다. 하명이처럼 물을 쏟게 되면 치울 생각을 못 하고 어떻게 하면 되는지 몰라 하는 것이다.

　이쯤 되면, 물을 쏟고 나서 엄마에게 보고하고 물을 닦을 수 있
는 도구까지 물어보았던 하명이를 이해해주는 수준 높은 엄마가
되어야겠다고 생각할 수밖에 없다. 과학적으로 남자아이들의 뇌
량이 여자아이들보다 적다는데, 그래서 멀티태스킹이 안 된다는
데, 문제해결력이 떨어진다는데 어쩌겠는가. 여자인 엄마가 이
해해줘야지.
　그동안 아들 셋을 키우면서 엄마로서 느꼈던 답답함, 앞으로
느끼게 될 답답함은 남자들의 뇌량을 여자들보다 적게 만들어
주신 하나님께 그 뜻을 진지하게 여쭈어보아야 되겠다. 혹시, 보
상 방법은 있으신 건지도 같이 여쭈어보고 싶다.

4

공룡(용)

공백기 동안 떨구었던 고개는
룡(용)기와 깨달음을 얻기 위한 소리 없는 포효였다.

공룡메카드야,

어쩌면 너의 친구도 함께 데리고 올 수 있을

것 같아.

생일은 특별한 날이니까.

"엄마, 내 생일 되려면 몇 밤 더 자야 해?"

"30번 정도."

홈플러스 장난감 코너에서 요즈음 한창 빠져있는 공룡메카드 장난감을 뚫어지게 바라보며 막내아들 하명이가 물어보았다. 하명이는 공룡 만화와 공룡 장난감, 공룡 스티커 책 등 공룡과 관련된 것이면 모두 다 좋아했다. 생일 선물로 공룡메카드 장난감을 가지고 싶은 모양이다. 마음 같아서는 생일 선물을 미리 사주는 것이라고 나름 명분을 내세워 사 주고 싶었지만, 그렇게 해주면 편법을 좋아하게 되거나 자신이 원하는 것을 얻기 위해 꾀를 내려고 하는 것이 습관이 될까 봐 아무 말도 없이 하명이를 지켜보았다.

공룡메카드 장난감은 9천 9백 원, 하명이에게는 용돈으로 모아놓은 돈이 만 원 있었다.

"용돈 만 원으로 이거 살까?"

하명이는 들릴 듯 말 듯 한 목소리로 중얼거렸다. 장난감을 사주고 싶은 엄마로서는 하명이에게 선택의 여지가 있는 게 좋았다.

"하명아, 용돈은 네가 필요한 곳에 쓰면 되는 거니까 잘 생각해보고 선택해."라고 말하고는 그 자리를 빠져나왔다. 하명이 곁에 있으면 내가 자꾸 장난감을 사도 된다고 부추기게 될 것 같아서였다. 시간이 조금 지난 후, 하명이는 아빠와 내가 있는 계산대로 걸어왔다. 두 손에는 아무것도 들고 있지 않았다.

"장난감 안 사기로 한 거야?"

"응. 장난감 사고 나면 용돈이 없어져."라고 대답하는 하명이의 목소리에는 힘이 없었다. 두 눈의 초점도 풀린 채 시무룩해 보였다. 그런 아들의 모습을 쳐다보는 엄마인 나는, 마음이 짠했다. 얼마 비싸지도 않은 장난감, 그냥 사 주고 말까? 싶었지만 안쓰러운 마음에 장난감을 사 주게 되면 질서가 흐트러지고 나머지 두 명의 아들들에게 할 말이 없어지게 되는 거였다. 왜 막내만 장난감을 사 주냐며, 우리도 사 달라며 첫째와 둘째 아들은 떼를 쓸 것이 뻔했다. 그리고 남편은 또, 애들이 불쌍해 보일 때마다 장난감을 사 줄 거냐며, 애들을 망치는 길이라며 조곤조곤 연설할 것이 뻔했다.

"우리 하명이가 장난감이 많이 갖고 싶었을 텐데 잘 참았구나. 대단해."라고 칭찬이라도 해 주고 싶었지만, 그것도 참았다. 자신이 원하지 않는 선택을 했기 때문에, 참고 있는 마음 상태였기 때문에 엄마가 칭찬하게 되면 더 속상해할 것 같았기 때문이다. '엄마는 나의 진짜 마음도 몰라주고, 엄마가 원하는 선택을 했다고 칭찬해 주는 거 아냐?'라고 오해를 할 것 같기도 했다.

고개를 숙이고 있는 하명이를 못 본 체하는 것이 최선의 선택인 것 같았다.

집으로 돌아오는 차 안에서 하명이가 말했다.

"엄마, 내 생일 날 공룡메카드 장난감 사 줘."

"응, 그래."

그리고 하명이는 언제 그랬냐는 듯이 형들과 함께 평소처럼 떠들고 몸으로 부대끼며 놀았다.

칭찬도 격려도 나에게는 참 어려운 일이다. 상대방에 대한 올바른 이해가 필요하고, 진심이 필요한 일이기 때문이다. 그리고 사람은 언제든지 변할 수 있는 존재이기에, 양면성을 가지고 있는 존재이기에 특정한 모습을 가지고 칭찬과 격려를 하기까지 생각이 많아진다.

상대방의 어떠어떠한 모습이 나는 마음에 들어서 칭찬을 해 준 것인데, 제삼자 처지에서는 내가 칭찬해 주는 상대방의 그 어떠어떠한 모습 때문에 피해를 보았을 수도 있다. 나는 진심을 담아 칭찬해 준 것인데, 상대방은 '나에게 무슨 꿍꿍이가 있는 거지? 어려운 부탁을 하려고 그러는 거 아냐?'라고 색안경을 끼고

들을 수도 있다.

그래서 나는, 상대방에게서 배우고 싶은 모습을 발견하게 되어 진짜 내 마음을 전하고 싶어질 때면 감정을 최대한 절제하고 논리정연하게 생각을 전한다. 칭찬이 아니라, 나름 객관적으로 관찰한 후 내린 결론이라는 말도 덧붙인다.

칭찬 한마디 하는데 무얼 그렇게 힘들게 생각하고 형식을 따져 말을 하느냐고 할 사람도 있겠다. 우리는 누군가에게 사랑을 고백할 때, 어려운 진심을 전해야 할 때, 위로해야 할 때, 고민하고 시뮬레이션을 해 보고 혼자 중얼거리며 말을 연습해 보기도 한다. 실전을 아름답게 마무리해서 좋은 추억으로 간직하고 싶을 정도로 소중한 사람과 소중한 상황이기 때문이다.

과정을 까다롭게 하는 것이 문제가 아니라, 순간 감정에 휩쓸려서 설레발치다가 나의 진심이 아부나 오해로 전락하는 것이 문제이고 슬픈 일이 아니겠는가. 그래서 나는, (매번 그러지는 못하지만) 아들들에게 칭찬이나 격려, 훈계나 가르침을 말이나 표정으로 표현하기 전에 몇 번 정도 사전 생각을 해 보는 것이다. 우리 아이들은 평생 나와 함께해야 하는 필연이고, 그만큼 소중한 사람들이니까.

그래서 오늘 집으로 데려오지 못한 공룡메카드는 나의 마음을 이해해주면서 한 달 뒤, 자기를 꼭 데려가라며 기쁨으로 기다려 주고 있을 것 같다.

5

알아서 해

알차고 행복한 사이가 되기 위해
아차, 후회도 해 보고
서서 방 안을 빙빙 돌며 고민도 해 보았다
해맑게 웃지만 말고 너희들도 좀.

나는 알아서 하는 게 참 편하고 좋은데, 쩝.

"싸우기만 해 봐. 알아서 해."

휴대전화 배터리가 다 되어 게임을 10분 먼저 끝낼 수밖에 없
었던 둘째 아들 소서가, 신나게 게임을 하는 막내아들 하명이 옆
으로 가서 하명이가 하는 게임을 구경했다. (우리 아이들은 엄마가
허락하는 시간 내에 휴대전화 사용이 가능한데, 이 휴대전화들은 게임 기능
만 있는 무늬만 휴대전화인 기계이다. 그리고 게임의 종류는 공룡 배틀이나
술래잡기, 동물 키우기, 자동차 레이스 등만 가능하다. 폭력적이고 잔인한 게
임은 금지다. 왜냐하면, 사람은 보고 들은 대로 살게 되어 있다는 것이 나의
믿음이기 때문이다.)

그냥 조용히 구경만 할 것이지,

"아니, 하명아! 네가 그쪽으로 가면 술래한테 잡히지. 아, 답답
하네. 하명이 너 바보야?"라며 소서는 사사건건 하명이가 하는
게임에 참견했다.

"내가 게임 하는 거, 형아 보지 마!"

"왜? 네가 보라고 했잖아!"

여기서 별명이 김 검사인 첫째 아들 이루가 나섰다.

"소서 너는 조용히 게임만 봐야지, 왜 화를 내고 그래?"

가만히 있을 소서가 아니었다.

"형아는 참견하지 마라. 형아한테 그러는 것도 아니잖아!"

"네가 시끄럽게 굴면서 게임을 방해하니까 그렇지."

"뭐, 어쩌라고?"

소서의 18번 대사가 나왔다. 말문이 막히면 늘 하는 말. 뭐, 어쩌라고. 그리고 여기서 더 나가면 형에게 주먹을 뻗는 제스처를 하거나, 동생을 꼬집게 된다. 나는 얼른 소서를 불러 으름장을 놓았다.

"싸우기만 해 봐. 알아서 해."

그런데 아차, 싶었다.

남자아이들에게 있어서 "알아서 해."라는 말처럼 어려운 말은 없다고 한다. 남자아이들의 뇌는 명확하고 구체적이고 자로 잰 듯한 확실한 것을 좋아하기 때문이다. 또한, 질서정연하고 체계적인 것에 반응하는 남자아이들은 서랍처럼 칸 칸마다 구분하여 섬세하게 상황을 정리해 줄 때, 이해와 기억을 잘한다고 한다.

여자아이들에게 "싸우기만 해 봐. 알아서 해."라고 하면 표정과 마음을 알아채는 능력이 발달해 있어서 엄마 말 속에 숨겨진 진짜 의미를 알고 싸우지 말라는 뜻으로 잘 이해한다. 그런데 남자아이들은 말의 진짜 의미보다 단어에 반응하는 경우가 훨씬 더 많다고 한다. 그래서 "알아서 해."라는 추상적인 말의 뜻을 잘 이해하지 못한다.

소서가 단어에 반응해서 동생을 꼬집거나 형과 몸으로 싸우고 난 후, "엄마가 알아서 하라며? 그래서 열 받아서 내 마음대로 알아서 싸운 거야."라고 말한다면 나도 같이 열 받아서 나도 같이 알아서 내 마음대로 해 버리는, 최악의 상황이 발생할 수 있는 것이었다.

나는 바로 말을 바꾸었다.

"싸우기만 해 봐. 알아서 해. 아니, 알아서 하라는 게 아니고, 싸우지 말라는 뜻이야. 게임을 하는 걸 구경하면서 벌어진 일이니까 앞으로는 다른 사람이 게임하는 것을 구경하는 일은 금지야. 알았어?"라고 구체적이고 명확하게 규칙을 정해 버렸다. 감사하게도 아들 셋 모두 수긍하며 고개를 끄덕였다.

그래도 나는, 아들들이 알아서 잘 좀 해 주면 참 좋겠다.

166

6

상처

상생할 수 있는 길은 정말 없었던 것일까
처량한 전화기를 물끄러미 바라보며 입술에 힘을 준다.

엄마, 아빠, 당신들에 대한 나의 마음을
정의할 수가 없어요.

"느그들이나 조심해라. 여기는 괜찮다."

태풍이 북상한다는 소식을 듣고, 몇 달 만에 아빠에게 전화를 드렸다.

아빠와 엄마가 헤어져 살고 계신지 17년 정도 된 듯하다. 자식들에게 미안한 마음에, 도움을 줄 수 없는 형편에, 복잡함을 달고 사는 아빠는 자식들이 전화하는 것도, 자식들에게 전화하는 것도 싫어하신다. 무소식이 희소식이라며 전화를 하지 말라고 아예 대놓고 말씀하신다.

하지만 아빠의 진심은 술을 드시고 나면 튀어나온다. 아빠는 지금까지 딱 두 번, 술을 드시고 나에게 먼저 전화를 하셨다. 꺼이꺼이 우시면서, 미안하다고, 미안하다고, 술주정하는 사람들이 똑같은 말만 반복하듯 아빠는 미안하다는 말만 계속하셨다.

그래서 나라도 얼굴에 철판 깔고 아빠에게 전화를 자주 드리

고 싶은데, 아빠에게 전화를 드리면 머쓱하다. 식사하셨냐, 날씨
는 어떠냐, 아이들은 잘 지내고 있다, 몇 마디 하고 전화를 끊으
면 전체 통화 시각은 늘 40초 안이다. 태풍 소식을 핑계 삼아 아
빠에게 안부를 여쭈어볼 수 있는 통화내용이 생겨서 다행이라는
생각까지 들었다.

부모와 자식 관계라는 게 도대체 뭘까. 아빠와 나를 생각해 보
면, 몇 달에 한 번씩 40초 통화를 하면서 서로 살아있었네, 생사
를 확인하다가 언젠가는 죽음을 알게 되는 그런 사이인가 싶다.
나는 부모님을 이해하지 않으려 한다. 그분들의 몇십 년 인생을
이해한다는 것은 불가능하다. 그리고 이해하려 하면 내 생각이
기준이 되어 미움의 불씨가 된다. 마음껏 부모님을 미워할 수 없
는, 마음껏 부모님을 사랑할 수 없는 나의 양가감정에 괴로워하는
것이 사람에 대한 미움보다는 낫겠다는 생각을 한다.

추석이나 설날 명절 때 아빠, 엄마가 계시는 친정에 가서 윷놀
이를 하고 치킨을 시켜 먹는 것, 똑같은 옷을 맞추어 입고 가족
사진을 찍어 보는 것이 내가 이루어낼 수 없는 희망 사항이다.
부모님이 본의 아니게 나에게 남겨놓은 상처를 곱씹으며 다짐해
본다. 나는 우리 아이들에게 이루어낼 수 없는 희망 사항을 주지
않도록 할 수 있다면 매일 행복하게, 매일 감사하며 살아야겠다
싶다.

서로에게 주고받게 되는 상처가 평생은 가지 않도록, 풀리지 않는 의문이 되지 않도록 그렇게 살아야겠다 싶다.

7

어색

> 어쩜 좋니? 걱정스러운 마음에
> 색을 덧입혀 무지개로 꾸며보다.

크지 않은 내 가슴에 감사하며.

"엄마 찌찌가 먹고 싶어."

초등학교 3학년인 둘째 아들 소서가 내 젖가슴에 손을 갖다 대며 말했다. 흠칫했다. 부끄럽고 징그럽기도 했다.

"엄마가 부끄러워. 그리고 엄마 이제 찌찌 안 나와."

"왜? 우린 가족이잖아. 가족끼리는 괜찮은 거잖아."

"아니야, 소서야. 엄마 부끄러워. 그리고 가족끼리 괜찮지 않은 것도 있어."

몸이 쭈뼛거리는 느낌과 함께 나는 생각하게 되었다.

애정 결핍, 스킨십 결핍인가 보다.

부모교육 책에 심심찮게 등장하는 이야기가 있다. 미국의 심리학자인 해리 할로우 박사의 실험 이야기다. 새끼 원숭이를 어미 원숭이와 떨어뜨려 우리에 가두어 놓고는 철사로 몸통을 만든 두 개의 가짜 엄마 원숭이를 주었다. 다른 점이 있다면 한 개는 젖병이 달린 철사 원숭이였고, 다른 한 개는 젖병은 없지만 부드러운 천으로 몸통을 씌운 헝겊 원숭이였다는 것이다.

그리고 해리 할로우 박사는 새끼 원숭이의 모습을 관찰했다. 그 결과, 새끼 원숭이는 젖을 먹을 때에만 젖병이 달려있는 철사 원숭이에게 가고, 나머지 시간에는 헝겊 원숭이에게 붙어 있었다. 새끼 원숭이에게 시끄러운 소리가 나는 로봇을 주었더니, 새끼 원숭이는 무서워하며 헝겊 원숭이에게 달려가 매달렸다. 철사 원숭이에게 달린 젖을 먹고 자랐지만, 헝겊 원숭이에게 가서 마음의 평안을 되찾으려는 모습을 보인 것이다. 헝겊 원숭이를 치우고 다시금 무서운 상황을 연출하자, 새끼 원숭이는 제자리에 웅크리고 앉아서 손가락을 빠는 행동을 보였다.

할로우 박사의 실험은 먹는 것만큼 스킨십도 중요하다는 것을 보여주고 있다.

소서는 인정의 욕구, 사랑의 욕구가 강한 아이이다. 안아주고 뽀뽀해 주고 몸으로 놀아주어야 자신이 사랑받고 있음을 느끼게 되는 아이이다. 살갗에 무언가 닿는 느낌을 어색해하고, 사랑한다는 말을 입으로 내뱉는 것이 부담스럽고, 몸으로 놀아주는 방법도 잘 모르고, 몸으로 놀아주고 나면 체력이 급격히 저하되는 나에게 있어서 소서는 힘든 아이이다.

다행이다 싶기도 하다. 엄마와 아들로서 서로가 노력하고 있는 만큼, 채워지지 않았던 자신의 마음을 이렇게라도 표현해 주는 소서가 감사하게 느껴지기도 했다.

변화와 성장은 어색한 과정을 동반한다. 이미 자신의 몸과 마음에 장착된 습관적인 것들을 떼어내거나 수정하기 위해서는 어색함이 필수로 따라온다. 그래서 소서가 내 젖가슴을 만질 때 느껴지는 어색함과 부끄러움을 대하면서 크게 웃어버렸다. 그 상황에서 내가 표정이 굳어지거나 화를 내게 되면 애정 결핍, 스킨십 결핍을 느끼고 있는 소서의 마음에 더 큰 상처를 주게 될 것 같았다.

엄마의 젖가슴보다 품이 더 따스하고 포근하다는 것을 알 수 있도록 더 자주 안아주고, 더 자주 어루만져 주어야겠다. 잊지 말자. 변화와 성장을 위해 어색함은 필수라는 것을.

8

질끈

'

질질 끌려다니게 되는 너희들과의 전투에서
끈기라는 무기로 제대로 한 번 이겨보려 한다.

,

마음아,

많이 힘들지? 미안해.

"요셉아, 엄마가 무서운 게 나아? 아빠가 무서운 게 나아?"

"아빠가 무서워야 해요. 원래 남자아이들은 엄마 말을 무시하게 되어 있거든요."

신앙생활을 같이 하는 고등학교 2학년 남학생 요셉이에게 상담 아닌 상담을 하게 되었다. 나는, 이제 곧 중학생이 될 큰아들을 포함해 앞으로 사춘기를 접하게 될 아들이 셋이나 있었기 때문에 미래를 적잖이 걱정하고 있다.

사춘기를 지나쳐 왔고, 아니 어쩌면 쭉 사춘기의 삶을 살고 있을 요셉이에게 아들은 어떻게 키우면 좋은 건지 이것저것 물어보았다. 아들들은 원래부터 여자인 엄마를 무시하게 되어 있다니, 충격이었다.

"그리고 엄마가 야단을 치면 뭐라고 말씀하셨는지 하나도 기억이 안 나요. 그냥 화를 내셨구나, 이것만 기억에 남아요." 이 말도 충격이었다. 화를 많이 냈는지, 조금 냈는지 그게 중요한 게 아니었다. 엄마가 화를 낸다는 것 자체가 아들들에겐 영양가가 전혀 없는 일이었다.

남자아이들은 여자아이들보다 스트레스를 더 쉽게 받는다고 한다. 그래서 남자아이들은 생활의 조그마한 변화에도 스트레스를 받고, 부모님이 화를 내면 여자아이들보다 더 힘들어한다. 2011년 캐나다 아동 가족연구소에서는 아빠의 스트레스는 아들에게 영향을 끼치지 않지만, 엄마의 스트레스는 아들의 유전자 표현을 바꾸어 놓을 만큼 큰 영향을 미친다는 것을 발견했다. 엄마가 큰소리로 화를 내면 아들들은 스트레스를 많이 받는다는 뜻이었다.

스트레스를 잘 받는 아들들에게 있는 남성 호르몬도 한몫을 해서 자신도 멈출 수 없는 충동성과 폭력성을 가지게 된다. 거기에다가 엄마가 자꾸 큰소리로 화를 내면서 자극을 주게 되면 어떻겠는가. 아들들을 더 부드럽고 더 상냥하게 대해주어야 하는 이유가 여기에 있다.

이건 뭐, 빼지도 박지도 못하는 오롯이 엄마의 몫이다. 다혈질이면서 화가 났을 때는 소리를 질러줘야 스트레스가 좀 해소되는 나에게는 한숨이 나올 수밖에 없는 현실이고 사실이다. 그래도 어쩌겠는가. 내가 어른이고 내가 엄마인 것을. 내가 아들들보다 몇십 년을 더 살아온 것을. 괜히 나이 먹는 게 아니고 괜히 어른이라 칭함 받는 게 아닌 것을.

그래서 오늘도 나는, 인내의 열매를 수확하기 위해 마음을 질끈 동여매어 본다.

아아아아악!

9

권위

'

권투 선수에게 기술을 배우지 않는 한
위상을 드높일 수 있는 모습은 스스로 지켜나가길.

'

논리, 오늘은 너랑 친하게 지내기 싫어.

. . . .

"하명이도 내 말 따라 했어."

"그럼 하명이가 울면 따라서 울 거야? 하명이가 하는 대로 다 따라 할 거냐고?"

"……."

"지금 네가 하는 말은 엄마가 설거지하니까 너도 설거지해야 한다는 말이랑 똑같은 뜻이야."

자기가 중얼거리며 하는 말을 동생이 따라 했다고, 자신도 또 똑같이 동생의 말과 행동을 따라 하다가,

"엄마, 형아가 자꾸 나 따라 해."

"엄마, 하명이가 먼저 나 따라 했어."

"아니야."

"맞아."

"아니라고!"

"맞는다니까!"

그러다가 둘째 소서는 동생을 꼬집었다.

돈 안 되는 쓸데없는 것 때문에 싸운다고 고생들 한다 싶었다. 누가 먼저 싸움을 시작했든 간에, 먼저 때리는 쪽이 덤터기를 쓰게 되어 있다. 그래서 소서는 오늘도 엄마 앞에 서 있었다. 동생이 했다고 자신도 똑같이 해 주어야 직성이 풀리는 모양이다. 동생에게 보여주는 소서의 소심한 복수에 나는 논리적인 근거로 소서가 대답할 수 있는 여지를 막아버리고 싶었다.

남자아이들에게는 힘의 원칙이 있다. 그래서 친구들이나 형제 사이에서 대장인 존재가 옳다고 말하면 그것이 곧 법이 되어 대장이 하는 말과 행동을 아무 생각 없이 따라 한다고 한다.

소서 동생 하명이의 행동은 자신이 대장이 되고 싶어 하는 힘의 원칙에 충실히 따르고 싶은 고집 같은 것이 아닐까 싶다. 그리고 소서가 동생을 따라 하는 행동은 동생을 대장으로 여겨서 그러는 것이 아니라, 자신에게 매번 따지고 도전장을 내미는 동생에게 자신이 대장이라는 것을 상기시켜 주기 위한 발악 같다.

그런데 여기서 중요한 건, 소서에게 동생이 하는 대로 따라 하는 것이 옳지 않다고 논리적으로 말하는 것은 전혀 안 통한다는 사실이다. 남자아이들의 힘의 원칙에 근거하여 우리 집에서는 엄마가 대장이라는 점을 알게 해 주는 것이 중요하다고 한다.

"엄마가 싸움의 여지를 만들지 말라고 했지?"

"하명이도 나 따라 한다니까."

"(소서의 눈을 보며 단호한 목소리로) 엄마가 따라 하는 것 하지 말라고 했잖아. 싸움이 될 수 있다고. 그러니까 하지 마."

라고 말하는 게 상책이라는 뜻이다.

나는 그동안 막내아들을 나보다, 소서보다 더 권위 있는 사람으로 만들어 주고 있었다. 고작 논쟁에서 이겨보려고, 엄마로서 어깨에 힘 좀 줘 보려고 말이다. 나의 이러한 마음을 소서가 알게 된다면, 소서가 조금 더 크게 된다면 이렇게 반박하겠지?

"내가 엄마한테 따진다고 엄마도 따지는 거야? 내가 하는 대로 엄마도 다 따라 하는 거냐고?"

KO 당하기 전에 조심해야겠다.

분별

10

분하다 여기는 너희들에게
별처럼 빛나는 눈빛을 잃지 않고 확실히 가르쳐 줄게.

아들들아,

억울하면 멋진 어른으로 잘 성장하면 된다.

"엄마는 왜 감사문장 안 써?"

"엄마는 왜 성경 안 읽어?"

"엄마는 왜 문제집 안 풀어?"

요즈음, 둘째 아들과 막내아들에게서 부쩍 듣고 있는 말들이다. 아이들의 여름방학 기간 우리 집에서는 생활 계획표를 세웠는데 그중에 문제집 풀기, 성경 읽기, 감사문장 쓰기가 있다. 아들들은 하루하루 자신에게 주어진 일들을 잘하다가 어느 날 갑자기 나에게 질문폭격을 날렸다.

당당한 표정으로 나에게 따지듯이 묻는 아들들에게,

"매일매일은 아니지만 엄마는 예전부터 감사문장 써 왔어."라며 다이어리를 보여주었다. 5월, 6월, 7월 지나온 날짜들에는 드문드문 쓰인 감사문장이 있었다.

"우리는 하루에 감사문장 3가지씩 쓰는데 엄마는 1가지밖에 없잖아." 2차 공격이 들어왔다.

"그때는 너희들이랑 감사문장 같이 쓰자고 약속한 시점이 아니고, 지금도 마찬가지야. 엄마도 감사문장 쓰겠다고 약속한 적 없어. 그냥 너희들 할 일만 잘하면 돼."라고 이야기했지만, 입을 삐죽거리거나 흥흥거리는 아들들의 모습에서 내 말은 소용이 없다는 것을 금세 알게 되었다. 설득을 더 해 보고 싶었지만, 말문이 막혀버렸다.

나는 '공평의 함정'에 빠진 것이었다. 공평함과 공정함의 개념을 정확히 모르고 있었기 때문에 스스로 빠지게 된 함정이다. 공평함이란, 누구나 똑같이 하는 것으로 내가 하면 너도 한다는 식이다.

어른과 아이는 처음부터 공평할 수가 없고, 어른과 아이가 할 수 있는 일과 해야 할 일은 다르다는 분별을 가르쳐 주어야 했던 것인데 이게 안 되니, 내가 아이들에게 대답해 놓고도 찝찝함을 느꼈다. 그리고 엄마인 내가 스스로 당당하지 못한 이유도 있었다. 아이들에게 성경을 읽히고 감사문장을 쓰게 하고 문제집을 풀게 하는 것은 아이들의 미래를 위해 시간을 투자하는 것으로 생각하고 시작한 일이다. 생활 계획표를 짜는 처음 시간부터 아이들을 동참시켜서 동의를 구한 일이기에 더욱더 타당한 처사였다.

그런데 획일적인 공평함만 따지다 보니, 아이들이 하는 말에 '어라? 일리가 있는 말이네. 그럼 나도 아이들이 하는 것들을 똑같이 해야 엄마로서 본이 되는 거 아냐?'라고 자꾸 생각하게 되었다.

이제는 좀 뻔뻔해져야 할 것 같다. 어른이라는 특권을 내세워 아이들이 또 나에게 따진다면,
"엄마는 엄마니까 엄마 마음대로 해도 돼. 엄마는 어른이거든. 억울하면 너도 어른 되어서 네가 하고 싶은 대로 해."라고 말해 봐야겠다.
'눈에는 눈, 이에는 이'라는 논리로 공평함을 들이밀면서 어른에게 복수하려는 아이들을 이겨야 한다. 너희들의 발달 단계에서는 당연한 행동이지만, 엄마가 어른이고 엄마가 대장이라는 점은 변함없다는 것을 아주! 완전히! 확실히! 보여줄 테다. 흐흐흐흐흐.

11

솔직

> *솔솔 부는 봄바람을 태풍으로 착각하기 싫어서
> 직각처럼 마음을 단단히 세워본다.*

돌고 돈다.

부모라는 이름은.

돌고 돈다.

'나'라는 사람은.

"느그 아빠, 잘 있다 하더나?"

"몰라. 통화 안 한 지 오래됐어. 아무 연락 없으니까 잘 계신 거겠지."

이 세상에 너희 아빠같이 꽉 막히고 고집 센 사람 없다며 아빠를 국보급이라 칭하면서, 다시는 결혼 같은 건 안 한다는 엄마도 아주 가끔 아빠의 안부를 물어본다. 같이 살아온 세월이 얼마인데, 헤어지기로 결심하기까지 얼마나 수없이 생각하고 또 생각했을까 싶다.

엄마, 아빠가 이혼하겠다고 한 그때에는 온갖 짜증과 분노가 몰려왔다. '자기들끼리 좋아서 결혼해 놓고는 이제는 또 자기들 마음대로 이혼을 한다고? 자식들 생각은 안 하나 보지?'

부모님의 이혼은 아직도 나에게 힘이 드는 현실이어서 길을 가다가 가족같이 보이는 사람들이 함께 걸어가고 있는 뒷모습만

보아도 눈물이 핑 돌고 가슴이 저린다. 달라진 점이 있다면 짜증과 분노, 핑 도는 눈물, 저린 가슴을 그냥 그대로 받아들이고 있다는 것이다.

아이를 하나 낳고, 둘 낳고, 셋 낳고, 하나 키우며, 둘 키우며, 셋 키우며 바뀌게 된 생각들이다. 철이 조금 들었다고 하면 맞지 싶다. 부모님에 대한 나의 마음이 복잡하듯이 엄마와 아빠 역시 서로에 대한 마음이 복잡하지 않겠는가 싶다.

조금만 더 참아볼 걸, 아니야 그때라도 헤어진 건 잘한 일이야, 아이들한테는 죽을죄를 지었지, 다른 방법은 없었던 걸까, 내가 더 잘못한 거겠지, 저런 화상하고 수십 년을 살았으니 내가 천하 바보지. 17년을 넘게 따로 살아가면서도 여러 가지 생각들이 얽히고 얽혀서 지금까지의 세월을 살아가고 계신 건 아닌가 조심스레 생각을 해 본다.

엄마가 이 글을 읽게 된다면 엄마 아니랄까 봐, 지구상의 걱정거리는 혼자 다 짊어지고 훈계를 시작할 것이다.

"엄마랑 아빠랑 같이 살았으면 하는 기제? 니가 뭘 알겠노? 엄마만큼 고생하고 살아온 사람 있으면 나와 보라고 해라. 엄마는 이제 절대로 아빠랑 안 산다. 살 수 없다. 그 짓을 내가 머하러 또 하노? 징그럽다."

아주 단호하게 말하건대, 나는 엄마랑 아빠랑 같이 사는 것을 원치 않는다. (아주 가끔, 내가 이만큼 컸으니 부모님을 감당할 수 있겠구나 싶어서 두 분이 같이 사시게 되면 어떨까, 라는 생각을 하긴 하지만 희망을 퍼센트로 따지자면 3% 정도 되겠다.)

얼마나 싸우고 얼마나 부수고 얼마나 소리치며 사셨는데, 그걸 또 지켜보면서 불안에 떨면서 살기 싫다. 그동안 힘들게 다스려왔던 나의 짜증과 분노를 다시 불러들이는 일은 하기 싫다. 다만, 엄마도 아빠도 나름 힘드셨겠구나 하는 딸의 마음을 전하고 싶은 것이다. 그러니 자식들에게 너무 미안한 마음만 가지고 살지 않으셨으면 하는 바람인 것이다.

그리고 솔직한 냉정함을 더한다면, 평생 나에게 지워지지 않는 상처가 되어버린 엄마와 아빠처럼 삐거덕거리며 살지 않겠노라고, 엄마와 아빠의 딸은 지금 엄청 열심히 잘살고 있다고 당당히 어깨를 펴고 싶은 마음도 있다.

10년 넘게 내 상처와 싸우며 몸부림쳐왔던 세월이 아들 셋을 키울 수 있는 내공이 되었다고, 부모님 덕분이라고 말을 빙 둘러서 하고 싶은 마음도 있다.

내 부모이니까 이렇게 쓴소리를 막 하고 싶기도 한데, 뿌린 대로 거둔다고 나중에 내 자식들도 나에게 비꼬아서 무슨 말을 하게 될까 봐 그만두려 한다.

제 4 장
시선

머물다가 떠나갈
너희들에게

어두움 속에 아무리 너를 감추려고 해도 나는 안다.

태초부터 작정 돼 있던 너만의 빛을.

거부하지 말아라.

네 눈동자는 너의 것이다.

또한, 우리들의 것이다.

수많은 별들의 속닥거림은 너를 비방함이 아니었음을 알아야 한다.

어떤 별이 너에게로 갈 것인지 서로가 충분히 의논하였음을 오늘 밤이 말해

주고 있지 않으냐.

그저, 바라만 주어라.

나의 우주, 우리의 우주인 내 아기야.

1

반복

‘

반드시 너희들이 행복해지기를 바란다
복된 인생이 되어 그 복이 돌고 돌게 되길 바란다.

’

애들아, 그건 옳지 않은 행동이야.

애들아, 그건 옳지 않은 행동이야.

애들아, 그건 옳지 않은 행동이야.

애들아, 그건 옳지 않은 행동이야.

애들아, 그건 옳지 않은 행동이야.

애들아, 그건 옳지 않은 행동이야.

애들아, 그건 옳지 않은 행동이야.

애들아, 그건 옳지 않은 행동이야.

애들아, 그건 옳지 않은 행동이야.

애들아, 그건 옳지 않은 행동이야.

"옳지 않은 행동이야."

잠자기 전, 아이들과 이불 위에서 뒹굴고 놀다가 소서가 흥분 상태가 되어 손으로 내 뺨을 치듯이 밀었다. 뺨을 맞은 건지, 뺨에 손이 닿은 건지 애매모호한 경계 선상이었지만 내 볼이 아파져 왔기 때문에 맞은 것으로 결론지었다.

순간, '얼마나 아픈지 너도 한 번 맞아볼래?'라는 생각이 들었다. 하지만, 복수를 가르치게 되는 것 같아서 감정보다는 이성적인 판단이 필요했다. 내가 생각해도 나 자신을 조절해가는 수위가 높아지고 있는 것 같아 뿌듯했다.

"소서야, 엄마 아파. 그리고 뺨을 때리는 건 옳지 않은 행동이야."

"난 때린 게 아니야. 그냥 놀다가 나도 모르게 그런 거야."

남자아이들이 놀다가 자기도 모르게 손이 나갔다고 말한다면 이것을 진심으로 믿어주어야 할까? 놀랍게도 이것은 맞는 말이라고 한다. 놀다가 흥분하면 상대방을 때리게 되는 행동은 정말 무심코 나오는 행동이라는 것이다.

"엄마가 꼭 큰 소리를 질러야 말을 듣지? 좋은 말로 하면 왜 말귀를 못 알아들어?"

지금은 많이 쓰지 않는 말이지만 한 때는 나의 18번 대사였다. 양치질하고 자야 하는 시각이 훨씬 지났는데도 공룡 놀이를 한다고 괴성을 지르며 펴 놓은 이불을 어지럽히며 신나게 놀고 있는 아이들을 말려야 했지만, 너무 잘 놀고 있는 모습을 정지시키는 게 미안해서 10분 정도 더 두었다. '엄마의 배려를 아이들도 알아주겠지?' 싶어서 "얘들아, 자야 하는 시각이 지났어. 어서 양치질하고 자자."라고 상냥한 말투, 인자한 미소로 이야기했다. 내 말은 제대로 씹혔다. 아이들이 노는 세계와 내가 서 있는 세계는 서로 다른 공간에 있는 듯, 아이들은 나의 존재를 전혀 의식하지 못한 채 흥분 상태로 계속 놀고 있었다.

"얘들아~." 2번을 불러도 소용없었다.

"엄마가 몇 번 말해? 잘 시간 지났다고 했지? 내일부터는 절대로 안 봐줄 거야! 빨리 양치질해!" 그제야 조용해지는 우리 집이었다.

아, 나는 아이들의 괴성과 힘이 넘치는 놀이가 버겁다. 아이들은 작정하고 내 말을 무시한 채 놀았던 걸까? 그건 또 아님을 안다. 힘에 부치는 엄마인 내가 고민과 해결을 해야 하는 시점이 왔다.

아이들의 뇌는 충동 조절을 하는 부위가 아직 발달하지 못해서 충동적인 상황이 되었을 때 스스로 행동 조절을 하는 게 힘들다. 그래서 엄마가 시시때때로 하지 말라고 경고를 해도 행동이 고쳐지지 않는 것이다. 엄마를 무시해서도, 반항하고 싶어서도 아니라는 뜻이다. 그래서 엄마로서 내가 해야 할 일은 아이들이 충동적이고 폭력적인 행동을 보일 때마다 반복해서 훈육해주어야 한다는 것이다.

때리지 않아도 대화를 하며 놀 수 있고, 소리를 지르지 않아도 들을 수 있다는 것을 경험시키고 가르쳐 주어야 한다. 아이들이 아무리 괴팍하게 놀아도, 아무리 시끄럽게 놀아도 엄마인 나는 똑같은 방법으로 상냥하게 또는 단호하게 중후한 멋을 풍기며 훈계를 해 주어야 한다. 아이들에게 옳은 개념과 방법을 전수해 주기 위해서 말이다.

반복하는 것을 지루해하고 싫어하는 나에게 있어서는 쥐약인 훈육법이다. 그런데 엄마라는 존재가 어디, 자기 편한 대로 살 수 있던가? 엄마의 책임감과 사명감은 습관을 이긴다. 내가 싫어하는 방법을 참고 아이들을 훈육해야 하니, 인내심에 대한 보상으로라도 반드시! 잘 가르쳐야겠다 싶다.

오늘은 먹는 거라도 내가 좋아하는 곱창볶음을 사다가 해 먹어야겠다. 곱창볶음 비싼데.

2

억울

'

억지로 놀아주는 건데

울 것 같은 마음으로 놀아주는 건데, 너희들 이러기야?

,

"엄마, 우리랑 놀자."

"그래."

"놀이에 집중 좀 해. 엄마 지금 하기 싫어서

그렇지?"

"엄마! 아빠가 하지 말라고 했는데도 자꾸 해!"

모처럼 아빠와 몸으로 놀고 있던 아들들이 차례차례 나에게 똑같은 말을 했다. 아빠랑 놀다가 그럴 수도 있겠다 싶어서, 또 재밌다는 뜻으로도 들려서 그냥 씩 웃으며 넘겨 버렸다. 그런데 시간이 갈수록 "하지 마아아아!"라는 말에는 짜증과 무서움이 실려있었다.

높은 곳을 싫어하는 막내아들을 머리 위까지 들어 올려서는 거실을 빙빙 도는 아빠의 얼굴은 신나 보였지만, 막내아들 하명이는 빽빽 소리를 지르며 꼼짝을 못 하고 있었다. 몸이라도 비틀며 내려오고 싶었겠지만, 그 높은 곳에서 몸을 움직이게 되면 떨어질 것 같은 공포에 굳어 있었던 것이다.

"자기야, 하명이 내려 줘."

"왜? 재미있게 놀고 있는데."

"하명이는 지금 재미있는 게 아니야. 무서워하고 있으니까 얼른 내려 줘.”

“엄마가 뭘 모르네. 남자들은 원래 이렇게 노는 거야.”라며 그제야 남편은 하명이를 땅바닥으로 내려 주었다.

“너 이리 와 봐.”

둘째 아들 소서가 주먹으로 아빠의 배를 치고 도망갔다. 아빠랑 놀고 싶은 마음을 과격하게 표현한 것이다. 아빠는 소서의 마음을 받아주기 위해 소서를 쫓아가는 시늉을 하다가 소서와 똑같이 소서의 배를 가격했다. 처음에는 한 대 살짝 치는가 싶더니, 아빠와 소서가 서로 권투시합을 하는 횟수가 늘어가면서는 때리는 강도와 횟수에 감정이 실리는 것 같았다.

“아빠는 왜 두 대 때리는데?”

“네가 먼저 때렸잖아.”

“그래도 더 때리는 건 아니지.”

“장난인데 뭘 그래?”

“나 안 해!”

소서는 이내 화가 나서는 아빠가 있는 거실에서 자리를 빠져나왔다.

어른들은 아이들에게 하지 말라고 말했으면 안 해야 하는 거라고 가르친다. 그리고 친구들과 몸으로 놀 때는 서로 아프지 않게 안전하게 놀아야 하는 거라고 가르친다. 공평함, 배려, 인내와 같이 어려운 개념을 설명해 주기 위해 여러 가지 예화를 들어가며 인성덕목을 가르친다.

아빠에게 하지 말라고 여러 번 말했지만 아빠는 웃으며 자신들의 말을 거절했다. 공평함이 무엇인지 잘 알지는 못하지만 한 대를 때렸는데 두 대를 맞고 나니 억울한 감정이 몰려온다. 그러면 아이들에게 "하지 마."라는 말의 뜻은 "계속해도 돼."라는 속뜻이 있는 것이 되고, 한 대 때리고 두 대를 맞으며 노는 것은 나도 한 대 맞고 두 대를 때려도 된다는 왜곡된 개념을 갖게 되는 결과를 초래한다.

아이들과 잘 놀아줄 수 없는 아빠가 아이들과 놀고 있는 모습이 너무 귀해서, 또 나의 잔소리 때문에 아이들과 놀아주는 시간을 꺼리게 될까 봐, 이러한 교육적인 내용을 남편에게 전해줄 수가 없었다. 아이들은 아빠와 노는 시간을 싫어하게 될까, 아니면 억울함을 느끼는 것보다 아빠와 노는 시간이 더 소중한 걸까, 라는 생각이 들었다.

아이들과 몸으로 놀아주는 일을 거의 하지 않는 나에게는 최소한 위와 같은 상황을 연출하며 아이들의 감정을 노하게 하는 일은 없을 것이라 조금 위안으로 삼으며.

그대로

3

그런 모양, 이런 모양, 저런 모양의 너를 나의 것으로 삼고자
대쪽 흉내 내었던 엄마의 마음을
로미오의 슬픔에 견주어 보며 반성할게.

"거울아, 거울아, 이 세상에서 누가 제일 예
쁘니?"
"에이, 알면서 또 물어보시네."

있는 모습 그대로 우리는 소중하기에.

．
．
．
．
．
．
．
．

"엄마, 나는 억울하고 슬픈 게 싫어."

"억울한 건 엄마도 싫어. 그런데 슬픈 건 나쁜 게 아닌데?"

"슬프면 눈물이 나."

"슬퍼서 눈물이 나는 건, 정상인 거야. 남자도 슬프면 울 수 있는 거고."

"내가 슬플 때는 회초리 맞을 때거든."

워낙 딱딱 부러지는 말을 잘하고, 상황에 관한 판단을 원인과 결과에 맞추어 논리정연하게 말을 해서 별명이 김 검사인 첫째 아들 이루가 어젯밤에 했던 말이다. 자신의 감정을 잘 드러내지 않는 아이라서 그런지, 이렇게 자신의 마음에 관해 이야기를 하니 그 상황이 조금 어색했다.

그래도 자신을 되돌아보며, 자신을 표현해주는 이루가 고맙기도 했다. 나는 이때다 싶어서 엄마로서 멋진 말을 해 주고 싶었다. 유교 사상이 강한 우리나라에서 남자는 눈물을 보이면 안 된다는 가르침이 조금 남아 있기에, 나는 그 생각을 바꾸어 주고 싶었다. 그래서 남자도 슬프면 울어도 된다고 말해 주었는데, 이루가 슬플 때는 회초리 맞을 때라고 했다.

내가 이루를 때렸던 적이 있었나? 아빠가 이루를 때렸던 적이 있었나? 기억이 나지 않았다. 워낙 애어른 스타일이고, 아빠 기질을 물려받아서 입 뗄 것 없이 자기 할 일을 잘해 내고, 그렇게 하고 싶은 것도, 그렇게 하기 싫은 것도 없는 모범생 이루이기 때문이다. 이루 기억에 회초리 맞았을 때가 슬펐다고 하니, 아빠나 엄마 중에 누군가가 이루를 때린 적이 있는 거겠지. 회초리로 때렸다고 해서 내가 미안해할 일도, 회초리를 맞아서 슬펐다는 이루의 감정이 틀린 일도 아니라서 그 뒤로는 아무 말을 하지 않았다.

다만 나는, 아이들의 타고난 기질은 기질대로 인정해 주되, 때와 상황에 맞게 아이들의 마음을 어루만져줄 수 있는 엄마가 되고 싶었다. 자신의 감정을 잘 이야기하지 않는 이루에게 "어머, 이루야. 이렇게 너의 마음을 표현해 주니까 너무 좋구나. 앞으로도 종종 이런 이야기 해주면 참 좋겠어."라는 흥분으로 엄마로서의 바람을 이루에게 은근히 강조하는, "이제 자야 하는 시각이니 조용히 하고 자자."라는 규칙을 앞세워 이루의 마음을 닫히게 하는 무딘 엄마가 되기 싫다.

아이들을 나의 소유물이 아닌, 그냥 사람으로 바라보기 위한, 인격체로 대해주기 위한 시선을 배우기 위해 많이 노력해왔던 것 같다. 남의 아이가 바닥에 과자를 흘리면 그럴 수도 있다고, 치우면 된다고 관대해지는데 똑같은 상황인데도 우리 아이에게는 그러니까 상 위에서 먹으라고 하지 않았냐, 무얼 먹을 때는 다른 일을 하지 말라고 하지 않았냐, 네가 흘린 거니까 네가 치워라, 일장 연설을 했다.

아주 오래전에 읽었던 〈부모와 아이 사이〉 책에 나온 예화가 생각난다. 우리 집에 온 손님이 우산을 모르고 두고 갔다가 다시 현관문을 열고 우산을 찾으러 왔을 때 우리는 손님에게 "왜 우산을 잃어버리고 가셨어요? 그렇게 정신이 없어요? 제대로 하는 게 아무것도 없네요."라고 말하지 않는다. 그런데 우리 집에 온 진짜 손님인 아이들에게 우리는 지금 어떻게 대하고 있는지 물어보는 대목이었다.

회초리를 맞아서 아픈 것도, 그래서 슬픈 것도, 남자라도 눈물이 나는 것도 상황을 있는 그대로 받아들이면 되는 것이다. 자신의 마음을 잘 표현하지 않는 것도, 그래서 좀 냉정하게 보일지라도 내 아이의 있는 모습 그대로라고 생각하고 바라봐주면 되는 것이다.

누가 나보고 엄마니까 울면 안 되고, 엄마니까 냉정해야 하고,

엄마니까 요리를 잘해야 하고, 엄마니까 30분 만에 집 청소를 다 할 수 있어야 한다고 계속 훈계를 둔다면 그 사람하고는 자연스레 연을 끊어버리고 싶다. 내 아이들에게 평생 필연으로 남아있을 수 있는 엄마가 되기 위해 아이들 곁에서 한 발짝 물러선 후, 뒷모습마저도 조용히 바라봐줄 수 있는 예행연습을 해야겠다.

후회

4

> 후련함보다는 미련이 파도처럼 밀려오지만
> 회복하리라는 희망으로 한숨을 쉬어본다.

정말 미안해.

．
．
．
．
．
．

　거실에 걸려있는, 큰아들이 돌 무렵에 찍었던 사진액자. 매일 보는 그 사진이 어느 날 눈에 들어왔다.

　장난감 자동차를 쥐고 있는 조그마한 손, 어딘가를 응시하고 있는 듯한 또랑또랑한 두 눈, 뽀얗고 새하얀 피부, 정말 잘생긴 얼굴. 이루가 이렇게 예쁜 아기인 줄 왜 그때는 몰랐을까. 돈 걱정 말고, 일하지 말고 이루나 잘 키울 걸 싶었다.

　아이들의 미래를 위해 기도하던 어느 날, 어린 소서의 팔을 세게 잡아끌고 씩씩거리며 걸어갔던 예전 일이 떠올랐다. 그런데 머릿속의 장면에서는 내가 소서가 되어 자신보다 훨씬 큰 엄마가 저항할 수 없는 힘으로 화를 내며 자신의 몸을 끌고 가고 있는 시선이었다. 어린 것이 얼마나 무섭고 불안했을까. 미안해서 미칠 것 같았다. 펑펑 울었다.

막내아들 눈 밑은 약간 보라색을 띠고 있다. 아기 때, 이틀마다 한 번씩 목욕을 시켜주어야 한다는 책 내용을 맹신하여 추운 겨울날, 외풍이 심한 집에 살면서도 그렇게 샤워를 시켜댔다. 손등의 핏줄이 보라색으로 변하던 막내의 모습이 겹쳐진다.

내가 요즈음 자주 되뇌게 되는 시집의 제목이 있다.

'지금 알고 있는 걸 그때도 알았더라면'

5

철판

'
철이 들어가는 이 엄마는 앞으로
판단을 잘 내려 볼 테다.
,

아들들,
너희들에게는 믿음이 필요할 때이다.

"아무 말 없이 울기만 하면 아무도 도움을 줄 수 없다고 했지? 왜 우는지 이유를 말하라고. 그렇게 아무 말 없이 울고만 있으면 어떻게 네 마음을 알아?"

큰아들 이루는 속 상하고 화나는 일이 있으면 아무 말 없이 울고만 있다. 처음에는 이루의 속상함을 달래주고 싶은 마음이 들어서 "우리 이루가 안 좋은 일이 있었나 보네. 엄마가 도와줄게. 무슨 일이 있었는지 이야기해 줄래?"라고 최대한 고운 목소리로 이루의 머리를 쓰다듬으며 말을 건넨다. 그래도 이루는 조금의 움직임도 없이 찢어진 눈이 되어 억울한 표정으로 눈물만 뚝뚝 흘리기 일쑤이다.

아이들의 눈물에 민감한 나는, 어떡해서든 이루의 눈물을 그치게 하고 싶어 안달이 난다. 그래서 끊임없이, 도대체 왜 우는 거냐고 질문을 자꾸 던진다.

〈내 아이 고집 이기는 대화법〉 책에서 재미있는 예화를 읽게 되었다. 가족이 모이게 되는 명절날, 며느리는 여러 가지 맛있는 반찬을 만들어 놓고 밥을 푸기 위해 밥솥을 열었다. 그런데 생쌀이 그대로 있더란다. 부엌에서 분주하게 움직이며 요리를 하느라 깜빡하고 취사 버튼을 누르지 않은 것이다. 그때 시어머니가 며느리에게 황급히 다가와서,

"얘! 왜 취사 버튼을 누르지 않은 거야? 무슨 문제라도 있니? 지금이라도 사실대로 말해주면 다 용서해 줄게. 도대체 이유가 뭐야?"라고 다그친다면 며느리는 시어머니를 어떻게 생각하게 될까, 라는 이야기였다.

며느리는 그저 실수로 깜빡하고 취사 버튼을 누르지 않은 것뿐인데, 실수인지 모르고, 아니 실수인지 알면서도 정확한 이유를 알기 위해 시어머니가 며느리를 추궁하게 된다면 질문 자체는 며느리를 죄인으로 몰고 가는 것이 되어 버린다. 며느리에게 어떤 의도성이 있어서 밥을 하지 않았다고 은연중에 그 뜻을 비치게 되는, 억울한 상황이 연출되기도 하는 것이다.

이 이야기를 읽는데 피식 웃음이 나왔다. 며느리, 정말 당황스럽겠네. 이런 시어머니를 모시고 살아야 한다니 인생 참 불쌍하다 싶었다. 그리고 바로 이어서 이루가 울 때마다 내가 보여왔던 말과 행동들이 떠올랐다.

이루에게 내가 무슨 짓을 하고 있었던 걸까. 울고 있는 이유 좀 알아보겠다고 이루를 죄인 취급했다. 안 그래도 속상한 마음 이었을 텐데 엄마가 자꾸 궁지로 몰고 가니 이 엄마 정말 싫다는 생각을 하지 않았을까 싶다. 내가 실수로 방에 불을 끄지 않고 나왔는데 만약에 이루가,

"엄마, 엄마도 내가 말없이 울고 있을 때 왜 울고 있는지 엄청 궁금해했지? 그래서 그렇게 따져 물었지? 나도 지금 엄청 궁금 한 게 생겼어. 엄마는 도대체 왜 방에 불을 끄지 않고 나온 거야? 전기세를 아껴야 하는 걸 몰라서 그런 거야? 아니면 우리가 모 르는 어떤 뜻이 있는 거야? 금방 다시 들어가려고 그러는 거야? 말해줘. 난 이유를 알아야 하겠어."라고 꼬치꼬치 물어본다면, 나는 이루의 정신 상태를 의심하게 될 것 같다. 아, 그동안 나는 이루에게 정신 상태를 의심하게 하는 엄마였다.

이루의 눈물에 조금 더 울고 나올 수 있도록 방문을 살짝 닫아 주거나, 휴지를 가져다주거나, 어깨를 한 번 토닥거려 줄 수는 없었을까? 눈물의 이유를 알아내겠다고 그동안 내가 보였던 말 과 행동을 되새기니, 부끄럽기 짝이 없다.

철판을 깔아야 할 때이다. 후회와 반성은 변화와 성장을 알려 주는 좋은 징조임을 믿고, 인상을 있는 대로 구겼다가 이제는 철 판을 깔고는 이루의 눈물에 미소를 보내줄 수 있는 엄마가 되어

야겠다. 오늘 느끼게 된 부끄러움을 철저히 부끄러워하고, 튼튼
한 철판에 감사하자.

6

밥

'

밥심으로 오늘도 으라차차!

,

찬밥 더운밥 가리지 않고 무엇이든 잘 먹는
대한민국 엄마들이여!
오늘도 밥심 믿고 힘내세요.

:
:
:
:
:
:
:
:

    교회에서 아이들과 점심을 먹고 있는데 둘째 아
들 소서가 실수로 김치를 바닥에 흘리면서 고춧
가루가 여기저기 튀었다. 상은 말할 것도 없고 소서의 옷
에, 바지에, 얼굴에, 그리고 나의 손가락과 얼굴에 골고루 분사
되었다. 정말 감사하게도 나는 기분이 좋은 상태였고 소서에게
마음을 써야겠다고 다짐하며 하루하루를 보내고 있던 터라,

    "소서야, 괜찮아?"라는 교과서 같은 아름다운 말과 함께 물티
슈를 가져와 소서의 몸 여기저기를 정성스레 닦아주었다. 그리
고 소서에게도 나의 몸에 묻어있는 고춧가루를 닦아줄 수 있느
냐고 부탁했다. 소서 역시 내 얼굴을 구석구석 살피며 물티슈로
정성스레 고춧가루를 닦아 주었다. 아, 얼마나 아름다운 광경인
가. 게다가 소서는 밥을 다 먹고는 경쾌한 목소리로,

    "잘 먹었습니다!" 인사까지 하는 것이었다. 내가 바라던 이상
적인 가족의 모습, 자녀의 모습이 연출되고 있었다.

하지만 평화의 천사는 여기까지만 나의 편이었다. 막내아들 하명이는 밥알을 세듯이 숟가락을 들고 정지 상태였다. 왼쪽 손에는 교회 선생님께서 주신 간식, 사탕을 든 채 말이다. 당장 사탕을 먹고 싶으니 밥은 저리 가라는 신호였다. 아빠가 단호하게 "밥 먹어. 안 먹으면 간식도 없다."라고 이야기하니 그제야 밥을 조금씩 떠먹기 시작했다. 좋지 않은 기분으로 겨우 밥을 먹고 있는데, 교회 형들이 한 명 두 명 하명이에게 다가와서는 잔소리 폭격을 시작했다.

"하명아, 시금치를 먹어야 키가 커."

"골고루 먹어야 건강해진단다."

"하명이는 밥을 왜 이렇게 안 먹니?"

"하명아, 김치 싫어해?"

형들이 하는 말이 늘어갈 때마다 변화되는 하명이의 표정을 쉽게 관찰할 수 있었다. 점점 고개를 숙이더니, 입술이 앞으로 쭉 나와 있었다. 눈까지 위로 치켜뜨고 있어서 잘생긴 하명이의 얼굴은 온데간데없었다. 순간, 하명이에게서 나를 한창 속상하게 했던 소서의 모습이 겹쳐 보였다.

아, 나는 불길한 예감이 들었다. 소서의 상태가 좋아진다 한들, 전쟁의 종결을 의미하는 건 아니겠구나. 또 다른 시련이 오겠구나. 아직 하명이가 남아 있었구나. 그리고 이제 곧 중학생이 되는 큰아들도 있구나. 큰아들이 복병이 될 수도 있겠구나.

밥 먹기 싫어서 삐죽거리던 하명이의 표정에서 참 많은 생각이 순식간에 지나쳐 갔다.

나는 아들들이 빨리 컸으면 했는데 중고등 학생 아들들을 둔 교회 집사님들이나 연세가 지긋하신 권사님들이 한 번씩 나에게 이야기하신다.

"아이고, 지금이 좋을 때야. 커 봐라."

그래, 이 말씀이 맞는 것 같다. 지금은 아이스크림 하나를 선물로 걸면 심부름을 잘한다. 마이쮸 선물을 걸면 예배 시간에 말씀을 필기하며 듣는다. 아이스크림과 마이쮸로 아들들의 마음을 움직일 수 있는 날이 과연 언제까지가 될까 싶다. 아이들이 커 가면 갈수록 내가 줄 수 없는 보상의 형태를 바라게 되겠지? 그러니 지금 잘하자 싶었다. 할 수 있을 때 내 편을 잘 만들어 놔야겠다 싶었다.

〈엄마도 가끔은 엄마가 필요해〉 책을 쓰신 김소원 심리상담가는 세 아들의 엄마를 자신이 범접할 수 없는 신의 영역이라고 표현하셨다. 아이들의 반응에 어떻게 반응하는 것이 지혜로움인지 고민하는 것, 아이들과 관계를 형성해 가면서 무엇이 현명한 양육방법인지 깊이 생각하는 것 자체가 진정한 사람 공부이며 자기 자신을 이해하려는 성찰이라고 이야기하고 계신다.

나를 신의 영역으로 대해 주시고, 나의 고민거리들을 가치 있게 바라봐 주고 계셔서 참 감사하다. 그리고 힘이 난다. 욕심을 부려보자면 아들 셋 잘 키워서 나 또한 다른 누군가에게 힘이 되어 주는 부모교육 전문가가 되어 보고 싶다. 10년 동안 거의 매일, 아들들을 생각하며 눈물 흘리고 몸부림쳤던 시간 속에서 쓰게 된 이 글들이 대한민국 엄마들에게 하루하루를 버틸 수 있는 밥이 되기를 간절히 바라본다.

예감

> '
>
> 예스! 보다 노! 를 더 많이 외치게 될 아들들을 생각하며
> 감이 안 잡히는 나의 감정.
>
> '

이것 또한 우리들의 추억이라 믿으며,
그동안 내가 부렸던 짜증을 미안해하며.

7

내 품에 안겨서 놀아달라고 칭얼대는 아들 때문에 짜증이 난다.

언젠가는 엄마 얼굴 한 번 보러 오라고 핀잔주는 나 때문에 아들은 짜증이 나게 되겠지.

밥을 먹고도 배고프다며 간식을 찾는 아들 때문에 짜증이 난다.

언젠가는 외식 가서 싼 거 먹자고 자꾸 이야기하는 나 때문에 아들은 짜증이 나게 되겠지.

홈플러스에서 공룡메카드 장난감을 사 달라고 조르는 아들 때문에 짜증이 난다.

언젠가는 새로 생긴 마트에 놀러 가자고 하는 나 때문에 아들은 짜증이 나게 되겠지.

"엄마는 내가 좋아?"라고 물어보는 아들에게 자신 있게 대답하지 못하는 나 때문에 짜증이 난다.

언젠가는 "아들아, 사랑해."라고 말하는 나에게 자신 있게 대답하지 못하는 자신 때문에 아들은 짜증이 나게 되겠지.

틀리지 않을 것 같은 나의 예감.

8

이유

'

이렇게도 치고 저렇게도 쳐 본 나의 몸부림은
유유자적할 수 있는 우리들의 미래를 위해서였다.

'

My son,

Shall we dance?

．
．
．
．
．
．
．

  내가 좋아하는 부모교육 책 종류는, 여러 가지 기술을 다루고 있는 내용보다 엄마의 마음을 먼저 어루만져 주고 어린 시절 상처를 돌아보게 하면서 엄마가 먼저 행복해야 아이가 행복할 수 있다고 말해주는 책이다.

  (〈마더 쇼크〉, 〈엄마만 느끼는 육아 감정〉, 〈엄마도 가끔은 엄마가 필요해〉 책을 추천한다.)

  내 경험상, 나의 분노 원인과 민감해지는 상황의 원인에 대해 어느 정도 알고 나니 아이들을 어떻게 대해야 좋은지 객관적인 시선과 함께 아이마다 각기 다르게 대해주어야 하는 양육의 기술이 아주 조금씩 조금씩 보이게 되었기 때문이다.

  왜 나는 아이들의 울음소리를 들으면 가만히 있지 못하는가, 왜 나는 아이들이 떠들고 노는 모습을 보면 불안해지는가, 왜 나는 아이들이 삐진 모습을 보면 화가 나는가, 왜 나는 아이들이 내 몸에 닿으면 짜증이 나는가.

10년 넘게 나 자신에게 물어보았던 질문들이고, 나름의 원인을 알고 있다. 어린 시절 상처 때문이다.

부모님의 크고 잦은 투덕거림을 혼자 견디며 소리에 민감한 성격을 가지게 되었다. 부모님의 싸움 사이에서 나는 울 수가 없었다. 기를 쓰고 울지 않으려고 했다. 아이들이 우는 모습에서 내가 마음 놓고 울지 못했던 것에 대해 질투와 분노를 느낀다.

난 엄마에게 칭얼거려 본 기억이 없다. 고분고분 말 잘 듣는 딸이었다. 엄마는 내가 아니더라도 늘 삶에 찌들어 있었으니까. 나까지 힘들게 하면 안 된다고 생각했던 것 같다. 나에게 놀아달라며 안기는 아이들의 피부를 느끼면 동시에 무기력함과 짜증도 느끼게 된다.

내 상처들에 대한 이유야 그렇다 치고, 나를 충분히 불쌍히 여기고 난 뒤에는 이제 그 마음을 내려놓아야 한다. 지나친 자기연민은 자책, 열등감과 함께 나의 분노를 전가하고 싶은 대상을 찾게 된다. 상대방의 감정이 나의 감정인 것 마냥, 상황을 왜곡하고 생각을 왜곡하게 된다.

'상처'라는 단어는 좋은 느낌을 주는 단어가 아니다. 잊고 싶은 나의 상처를 직면해야 하는 일도 유쾌한 일이 아니다. 그런데,

반드시 해야 하는 일이다. 내가 그토록 닮기 싫어하고 물려주기 싫어하는 내 부모님의 모습을 벗어나기 위해서.

자녀들을 통해 내 상처를 직면해야 하기 때문에, 엄마로서 자신의 최악의 모습을 매일 매 순간 마주쳐야 하기 때문에, 이것을 평생 해야 하기 때문에 자녀 양육이 그렇게 힘든 게 아닐까 싶다. 엄마라는 업이 그래서 힘이 드는 것이다.

〈미녀와 야수〉 영화에 나오는 미녀와 야수처럼, 우리 아이들과 엄마는 미녀이기도 하고 야수이기도 하다. 야수(아이들)를 사랑으로 다루어 준 미녀(엄마)의 모습 또한 우리 안에 있음을 믿어 보자. 야수(엄마)가 가지고 있는 상처는 해피 엔딩을 예고하고 있는 복선임을, 야수(아이들)의 부족함 덕분에 미녀(엄마)에게 있었던 사랑의 마음이 표현될 수 있었음을, 아직 우리에게는 장미꽃 한 잎이 떨어지기 전의 희망의 시간이 있음을 알자.

미녀와 야수가 서로의 사랑을 확인하고 춤을 출 수 있는 그 날이 오기까지, 내 상처 때문에 고통스러워하는 양가감정에 조금 고마워해 보자.

사랑하는 우리 아이들을 위해.

엄마

9

'
엄한 모습이든 순한 모습이든
마의 고지에서 건져 올린 성찰 한 숟가락이다.
'

예쁜 꽃과 튼튼한 화분 모두가 되고 싶은 욕심
많은 엄마.

"과연 우리는, 우리 아이들이 원하는 사랑을 주고 있는 것일까요?"

어느 부모교육 강의에서 들었던 인상 깊은 이야기의 마무리 한 문장이다. 이야기의 경위는 이러하다.

어떤 사람이 지인에게서 화분을 선물로 받았다. 소중한 사람이 건네준 선물이라 화분에 심어진 꽃을 잘 키워야지, 라는 기쁜 마음으로 햇볕이 잘 드는 창가에 화분을 두었다. 그런데 바람과는 달리 꽃은 날이 지날수록 생기를 잃어갔다. 햇볕이 부족해서 그런가 싶어 온종일 햇볕이 드는 곳으로 옮겨도 보고, 물이 부족해서 그런가 싶어 3일에 한 번씩 주던 물을 이틀에 한 번씩 줘 보기도 했지만 화분에 심어져 있던 꽃은 점점 더 시들어져 가기만 했다.

화분 주인은 자포자기하는 마음으로 화분을 그늘에 두고는 '내일 버려야지.'라고 생각했다. 그런데 뒷날 화분을 버리려고 보니, 꽃이 활짝 피어 있는 게 아닌가? 이 꽃은 그늘에서 더욱 잘 자라는 식물이었던 것이다. 그리고 이야기의 끝은 이러하다.

"이 화분에 심겨 있던 꽃은 햇볕도 아니고, 물도 아니고, 그늘이 필요했던 꽃이었어요. 화분 주인은 그것도 모르고 자신이 알고 있는 방법으로 꽃을 아껴 주었던 것이지요. 과연 우리는, 우리 아이들이 원하는 사랑을 주고 있는 것일까요?"
머리가 띵, 했다.

큰아들이 "엄마, 나는 누가 나를 껴안거나 뽀뽀하는 게 싫어."라고 말하기 전까지는, 큰아들을 어렸을 적 할머니 댁에 맡겨두었던 죄책감을 만회해 보려고 큰아들과 마주칠 때마다 껴안고 뽀뽀를 해 주었다. 큰아들은 나처럼 스킨십을 어색해하는 성격일 뿐이었다.
큰아들이 "엄마, 할머니랑 고모는 말씀이 너무 많으셔. 내가 재미있게 만화를 보고 있는데 자꾸 말을 시켜."라고 말하기 전까지는, 너무 조용한 큰아들에게 무슨 문제가 있는 것 같아서 대답할 수밖에 없는 질문을 해대느라 애썼다. 큰아들은 아빠 성격을 닮아 혼자 조용히 무엇을 하는 게 편안한 아이였을 뿐이었다.

내가 좋아하는 선물은 책을 사 볼 수 있는 문화상품권, 나를 돈 보이게 해 주는 옷과 가방이다. 그런데 신혼 초기에 남편은 내 생일선물로 쓰레기 처리하기 힘든 꽃바구니나, 자기밖에 볼 수 없는 속옷 선물을 사 주었다. 감동을 준답시고 형형색색 풍선들을 불어서 방 안에 쫙 깔아놓기도 했는데 나는 풍선의 빠직거리는 소리, 빵! 터지는 소리, 바람이 빠져 흐물거리는 모양새를 싫어한다. (그렇지만 꽃바구니를 사 왔던 남편에게 돈 아깝다고 잔소리를 퍼부으며 남편의 진심을 뭉개버렸던 15년 전 일은 후회하고 있다.)

엄마들은 아이들을 사랑해주고 아이들을 위해 희생한 자신의 인생을 기억하지만, 아이들은 부모에게 사랑을 받지 못해 생긴 결핍으로 오랜 시간 동안 가슴앓이하며 살아가는 경우가 어른들의 생각보다 훨씬 더 많다고 한다. 이것은 부모가 자식이 원하는 사랑보다 부모가 원하는 사랑을 주었기 때문이라고 전인 성장심리연구소 심진수 소장님께서 말씀하셨다.

상대방이 원하는 사랑을 진심이 느껴질 수 있도록 바르게 표현할 방법은 무엇일까 나 스스로 질문을 던져보게 된다. 물론, 시행착오를 겪게 될 것이다. 엄마는 내 마음도 몰라준다고 아이들에게 핀잔을 듣게 될 것이다. 너희들은 왜 엄마 마음을 몰라주냐고 나 역시 아이들에게 반박하게 될 것이다. 그러나 이러한 시행착오는 서로를 알아가는 과정이 되어, 반드시 진심의 열매를 맺게 될 것이다.

관심이 있으면 관찰을 하게 되고 관찰을 하게 되면 관계를 잘 맺을 수 있다는 3관(관심, 관찰, 관계)의 원리를 나는 믿는다. 그래서 나는, 우리 아이들뿐만 아니라 나 자신에게도 관심을 가지고 우리 아이들뿐만 아니라 나 자신도 관찰하며, 우리 아이들뿐만 아니라 나 자신과도 관계를 잘 맺는 엄마가 되어 보려 한다. 때론 햇볕이 될 수 있는, 때론 물이 될 수 있는, 때론 그늘이 될 수 있는 간지 제대로 나는 엄마가 되어 보려 한다.

"어… 어… 음…"

'오늘따라 엄마가 말이 많네.'

엄마랑 통화하는데, 평소보다 엄마의 이야기가 길어지는 듯한 느낌이 들었어요.

"외할아버지 등에 업혀본 거는 니밖에 없다. 그래도 니가 제일 행복했다."라는 케케묵은 추억을 꺼내놓기도 하고, "엄마가 돈 벌면 맛있는 거 사 줄께."라는 이루어질 확률이 극히 적은 약속도 하는 거예요.

예전 같으면 왜 쓸데없는 이야기를 하냐며 짜증을 있는 대로 없는 대로 냈을 텐데, 제가 아들 셋을 낳고 키우고 있잖아요. 철이 좀 들었잖아요. 그래서 나름 노력했어요.

휴대전화를 들고 있는 것이 귀찮아 스피커로 설정해서 전화기는 책상에 내려놓고, 무미건조하게 짧은 단답형으로만 대꾸했어요. 빨리 끊고 싶어서 끝의 대답은 목소리를 높였는데도 엄마는 전화를 끊자는 말을 하지 않았어요.

3분 45초였습니다.

엄마와 전화를 끊고 통화한 시각을 보았어요. 생각보다 짧았습니다. 그런데 왜 엄마의 이야기가 길게 느껴졌을까요.

저의 책 제목에서 그 이유를 유추해 봅니다. 저는 미쳐가는 아들 셋 엄마였거든요. 엄마로 사는 저의 삶도, 엄마의 삶도 마냥 행복한 건 아니니 마음의 여유가 기대만큼 큰 건 아닌 것 같아요. 엄마로 오래 살았으면 힘든 것들이 좀 가벼워지면 좋겠지만, 오히려 정반대인가 봅니다.

13년 동안 엄마로 살았으면 이제 베테랑다운 양육의 기술과 방법을 알고 있으면 좋으련만, 날이 갈수록 저의 부족함을 느낍니다. 어쩌면 이 부족함 덕분에 늘 저를 성찰할 수 있기도 하겠지만요.

그렇다고 엄마와의 통화를 길게 느꼈던 저 자신에게 실망했거나, 엄마에게 미안하거나 그런 마음은 없어요. 그냥 왜 그러했을까, 라는 질문 하나 정도 가져봅니다. 나름대로 노력하며 잘살고 있다고 생각하거든요. 저는, 아름답게 미쳐가면서 아름다운 삶을 아이들에게 물려주고 싶은 엄마거든요.

엄마로 살아가고 계신 여러분도 마찬가지일 거예요. 지금, 잘 살고 계신 거예요. 잘 살고 있다는 것이 과거형으로 마무리되어 이제는 두 다리 쭉 뻗었으면 좋겠지만, 우리는 죽을 때까지 잘 살아야 합니다. 그래서 힘든 게 아닐까 싶어요.

공감과 위로라는 단어를 지금 즈음에 쓸게요. 내가 가지고 있는 삶의 무게를 누군가가 덜어줄 순 없겠지만, 같이 걸어가고 있는 사람들을 보며 한 발짝 걸어가려고 했던 것을 두 발짝 걸어갈 수 있게 되는 거 아닐까요? 엄마라는 존재가 그런 것 같아요. 그래서 우리 모두, 결국은 아름다움을 추구하고자 하는 마음을 잃어버리지 않게 되었으면 좋겠습니다.

저희 엄마가 한 번씩 하는 말로 마무리할게요.

"나이 팔십 먹은 엄마가 나이 육십 먹은 아들 보고 이야기한단다. '물가 조심하고, 일찍 일찍 다녀라.' 엄마 마음이 다 그런기다."